JACK LONDON

THE CALL OF THE WILD

RUF DER WILDNIS

Zweispachige Ausgabe
Englisch-Deutsch

aionas

Bibliographische Informationen der Deutschen
Nationalbibliothek: Die Deutsche Nationalbibliothek
verzeichnet diese Publikation in der Deutschen
Nationalbibliographie; detaillierte bibliographische Daten
sind im Internet unter http://dnb.dnb.de abrufbar.

Jack London
DER RUF DER WILDNIS
THE CALL OF THE WILD
ENGLISCH-DEUTSCH
Erstmals veröffentlicht: 1903

aionas Verlag, Marstallstraße 1, 99423 Weimar
1. Auflage, 2019
Übersetzung: Alexander Varell
Cover-Design: Karl A. Fiedler
Cover Bild: Pixabay
Herstellung: BoD – Books on Demand, Norderstedt
ISBN: 978-3-96545-019-6

JACK LONDON

THE CALL
OF THE WILD

RUF DER
WILDNIS

CHAPTER 1
Into the Primitive

Buck did not read the newspapers, or he would have known that trouble was brewing, not alone for himself, but for every tide-water dog, strong of muscle and with warm, long hair, from Puget Sound to San Diego. Because men, groping in the Arctic darkness, had found a yellow metal, and because steamship and transportation companies were booming the find, thousands of men were rushing into the Northland. These men wanted dogs, and the dogs they wanted were heavy dogs, with strong muscles by which to toil, and furry coats to protect them from the frost.

Buck lived at a big house in the sun-kissed Santa Clara Valley. Judge Miller's place, it was called. It stood back from the road, half hidden among the trees, through which glimpses could be caught of the wide cool veranda that ran around its four sides. The house was approached by graveled driveways which wound about through wide-spreading lawns and under the interlacing boughs of tall poplars. At the rear things were on even a more spacious scale than at the front. There were great stables, where a dozen grooms and boys held forth, rows of vine-clad servants' cottages, an endless and orderly array of outhouses, long grape arbors, green pastures, orchards, and berry patches. Then there was the pumping plant for the artesian well, and the big cement tank where Judge Miller's boys took their morning plunge and kept cool in the hot afternoon.

And over this great demesne Buck ruled. Here he was born, and here he had lived the four years of his life. It was true, there were other dogs. There could not but be other dogs on so vast a place, but they did not

In die Wildnis

Buck las keine Zeitungen, sonst hätte er gewusst, dass Unheil drohte. Unheil nicht für ihn allein, sondern für jeden Hund, der starke Muskeln und langes, wärmendes Fell besaß, von Puget Sound bis nach San Diego. Die Menschen hatten sich in die dunkle Arktis vorangetastet und hatten gelbes Metall gefunden, und weil auch Dampfer- und Transportgesellschaften sich dorthin wagten, boomte dieser Fund, tausende Männer eilten in das Nordland. Diese Männer brauchten Hunde, und die Hunde, die sie brauchten, waren starke Hunde mit kräftigen Muskeln, die sich plagen und mit pelzigem Fell vor der Kälte schützen konnten.

Buck lebte in einem großen Haus im sonnenverwöhnten Tal von Santa Clara. Es war das Heim von Richter Miller. Es stand etwas abseits der Straße, halb versteckt zwischen den Bäumen, durch die man die breite, schattige Veranda erblicken konnte, die um das ganze Haus herumlief. Das Haus konnte über einen Schotterweg erreicht werden, der sich durch ausgedehnte Wiesen und den verschlungenen Zweigen hoher Pappeln dahinwand. Aber das Land hinter dem Haus war noch weitaus größer als das davor. Dort gab es gewaltige Ställe, in denen ein Dutzend Pferdeknechte und Burschen walteten, Reihen von rebenumrankten Gesindehäusern, eine schier endlos geordnete Ansammlung von Nebengebäuden, Laubengängen, grünen Wiesen und Obst- und Beerensträuchern. Es gab eine Pumpanlage für den Brunnen und ein großes Zement-Becken, in das die Söhne Millers am Morgen sprangen und sich an heißen Nachmittagen Kühlung verschafften.

Über dieses große Reich regierte Buck. Hier wurde er geboren, und hier lebte er die ersten vier Jahre seines Lebens. In der Tat, es gab auch andere Hunde. Wie könnte ein so großes Reich auch ohne andere Hunde sein, doch sie

count. They came and went, resided in the populous kennels, or lived obscurely in the recesses of the house after the fashion of Toots, the Japanese pug, or Ysabel, the Mexican hairless, — strange creatures that rarely put nose out of doors or set foot to ground. On the other hand, there were the fox terriers, a score of them at least, who yelped fearful promises at Toots and Ysabel looking out of the windows at them and protected by a legion of housemaids armed with brooms and mops.

But Buck was neither housedog nor kenneldog. The whole realm was his. He plunged into the swimming tank or went hunting with the Judge's sons; he escorted Mollie and Alice, the Judge's daughters, on long twilight or early morning rambles; on wintry nights he lay at the Judge's feet before the roaring library fire; he carried the Judge's grandsons on his back, or rolled them in the grass, and guarded their footsteps through wild adventures down to the fountain in the stable yard, and even beyond, where the paddocks were, and the berry patches.

Among the terriers he stalked imperiously, and Toots and Ysabel he utterly ignored, for he was king, — king over all creeping, crawling, flying things of Judge Miller's place, humans included.

His father, Elmo, a huge St. Bernard, had been the Judge's inseparable companion, and Buck bid fair to follow in the way of his father. He was not so large, — he weighed only one hundred and forty pounds, — for his mother, Shep, had been a Scotch shepherd dog. Nevertheless, one hundred and forty pounds, to which was added the dignity that comes of good living and universal respect, enabled him to carry himself in right royal fashion. During the four years since

zählten nicht. Sie kamen und gingen, wohnten in den viel bevölkerten Zwingern oder verbargen sich in den dunklen Tiefen des Hauses, so wie Toot, der japanische Mops, oder Isabel, die haarlose Mexikanerin, – seltsame Kreaturen, die nur selten ihre Nasen oder einen Fuß ins Freie streckten. Andererseits gab es die Foxterrier, zumindest eine bestimmte Zahl von ihnen, die mit ihrem Gekläff Toot und Isabel verängstigten, sobald sie nur aus dem Fenster lugten, und die die Hausdiener, mit Besen bewaffnet, vertreiben mussten.

Buck aber war weder Haus- noch Zwingerhund. Ihm gehörte das ganze Reich. Er stürzte sich ins Schwimmbecken oder ging mit den Söhnen des Richters zur Jagd; er begleitete Mollie und Alice, die Töchter des Richters, auf ihren Streifzügen im Morgengrauen und durch die Dämmerung; in winterlichen Nächten lag er zu Füßen des Richters vor dem knisternden Kaminfeuer in der Bibliothek; er trug des Richters Enkel auf seinem Rücken oder trollte sich mit ihnen im Gras und er begleitete sie auf ihren Abenteuern hinunter zum Brunnen im Stallhof und darüber hinaus bis zur Koppel und den Beerensträuchern.

Durch die Reihen der Terrier stolzierte er gebieterisch, und Toot und Isabel ignorierte er ganz, weil er König war – König über all die kreuchenden und fleuchenden Dinge auf Richter Millers Land, der Menschen inklusive.

Schon sein Vater, Elmo, ein riesiger Bernhardiner, war ein untrennbarer Begleiter des Richters gewesen, und Buck bot alles auf, um in den Stapfen seines Vaters zu wandeln. Er war nicht so groß wie er – er wog nur hundertvierzig Pfund –, denn seine Mutter, Shep, war eine schottische Schäferhündin gewesen. Trotz seiner hundertvierzig Pfund, zu denen noch die Würde eines guten Lebens und der allumfassende Respekt hinzukamen, war es ihm vergönnt, sich auf königliche Weise fortzubewegen. Während

his puppyhood he had lived the life of a sated aristocrat; he had a fine pride in himself, was even a trifle egotistical, as country gentlemen sometimes become because of their insular situation. But he had saved himself by not becoming a mere pampered housedog. Hunting and kindred outdoor delights had kept down the fat and hardened his muscles; and to him, as to the cold-tubbing races, the love of water had been a tonic and a health preserver.

And this was the manner of dog Buck was in the fall of 1897, when the Klondike strike dragged men from all the world into the frozen North. But Buck did not read the newspapers, and he did not know that Manuel, one of the gardener's helpers, was an undesirable acquaintance. Manuel had one besetting sin. He loved to play Chinese lottery. Also, in his gambling, he had one besetting weakness — faith in a system; and this made his damnation certain. For to play a system requires money, while the wages of a gardener's helper do not lap over the needs of a wife and numerous progeny.

The Judge was at a meeting of the Raisin Growers' Association, and the boys were busy organizing an athletic club, on the memorable night of Manuel's treachery. No one saw him and Buck go off through the orchard on what Buck imagined was merely a stroll. And with the exception of a solitary man, no one saw them arrive at the little flag station known as College Park. This man talked with Manuel, and money chinked between them.

„You might wrap up the goods before you deliver 'm," the stranger said gruffly, and Manuel doubled a piece of stout rope around Buck's neck under the collar.

der vier Jahre seit seiner Geburt lebte er wie ein gesättigter Aristokrat; er besaß großen Stolz und war ein wenig eitel geworden, wie der Landadel, der die Macht über eine Insel besitzt. Dennoch war er sicher davor, kein verwöhnter Haushund zu werden. Die Jagd und die Spiele draußen hatten dafür gesorgt, dass er kein Fett ansetzte und seine Muskeln gestählt waren; und ebenso war das Bad im kalten Wasser, das wie ein belebendes Tonikum auf seine Gesundheit wirkte.

Und das war die Art, nach der Buck, der Hund, im Herbst des Jahres 1897 lebte, als der große Goldfund in Klondike Menschen aus der ganzen Welt in den eisigen Norden zog. Doch Buck las keine Zeitungen, und er wusste nicht, dass Manuel, des Gärtners Gehilfe, kein wünschenswerter Geselle für ihn war. Manuel war einer großen Sünde verfallen. Er liebte das Spiel, die chinesische Lotterie. Und bei seinem Glücksspiel besaß er eine große Schwäche – er glaubte an ein System; und das war sein Verderben. Denn wer mit System spielte, brauchte Geld, während der Lohn eines Gärtnergehilfen gering war und kaum für die Bedürfnisse seiner Frau und seiner zahlreichen Kinder reichte.

Die Nacht, in der der Richter auf dem Treffen des Pflanzerverbands verweilte und seine Söhne sich damit vergnügten, einen Sportklub zu gründen, wurde zur denkwürdigen Nacht von Manuels Verrat. Niemand sah, wie er mit Buck durch den Obstgarten lief, was Buck wie ein Spaziergang vorkam. Und mit Ausnahme eines einsamen Mannes sah niemand, wie sie die kleine Bahnstation erreichten, die man als College Park kannte. Dieser Mann sprach mit Manuel und zählte ihm Geld in die Hand.

»Du könntest die Ware einpacken, bevor du sie lieferst, hä«, sagte der Fremde schroff, und Manuel verknotete ein dickes Seil doppelt am Halsband um Bucks Nacken.

„Twist it, an' you'll choke 'm plentee," said Manuel, and the stranger grunted a ready affirmative.

Buck had accepted the rope with quiet dignity. To be sure, it was an unwonted performance, but he had learned to trust in men he knew, and to give them credit for a wisdom that outreached his own. But when the ends of the rope were placed in the stranger's hands, he growled menacingly. He had merely intimated his displeasure, in his pride believing that to intimate was to command. But to his surprise the rope tightened around his neck, shutting off his breath. In quick rage he sprang at the man, who met him halfway, grappled him close by the throat, and with a deft twist threw him over on his back. Then the rope tightened mercilessly, while Buck struggled in a fury, his tongue lolling out of his mouth and his great chest panting futilely. Never in all his life had he been so vilely treated, and never in all his life had he been so angry. But his strength ebbed, his eyes glazed, and he knew nothing when the train was flagged and the two men threw him into the baggage car.

The next he knew, he was dimly aware that his tongue was hurting and that he was being jolted along in some kind of a conveyance. The hoarse shriek of a locomotive whistling a crossing told him where he was. He had travelled too often with the Judge not to know the sensation of riding in a baggage car. He opened his eyes, and into them came the unbridled anger of a kidnapped king. The man sprang for his throat, but Buck was too quick for him. His jaws closed on the hand, nor did they relax till his senses were choked out of him once more.

„Yep, has fits," the man said, hiding his mangled hand from the baggage man, who had been attracted by the

»Zieh nur fest an und du wirst ihm den Atem rauben«, sagte Manuel, und der Fremde grinste zur Bestätigung.

Buck hatte das Seil mit stiller Würde angenommen. Es war ihm zwar nicht wohl zumute, doch hatte er gelernt, den Menschen zu vertrauen, die er kannte, und er billigte ihnen eine Weisheit zu, die der seinen überlegen war. Als aber das Ende des Seils in die Hände des Fremden gelegt wurde, knurrte er drohend. Damit bekundete er seinen Unmut, denn in seinem Stolz glaubte er, dass kein Fremder ihm gebieten solle. Zu seiner Überraschung aber wurde das Seil um seinen Nacken angezogen, und dies raubte ihm den Atem. In seiner ganzen Wut sprang er auf den Mann los, der ihm auf halbem Wege entgegentrat, ihn nahe an der Kehle packte und ihn mit einer geschickten Wendung zu Boden warf. Während Buck wütend weiterkämpfte, schnürte sich das Seil gnadenlos zu, dass ihm die Zunge aus dem Halse hing und seine breite Brust keuchend auf- und niederging. Noch nie in seinem Leben war er so niederträchtig behandelt worden, und nie in seinem Leben war er so in Rage geraten. Doch seine Kräfte ließen nach, seine Augen wurden glasig und er bemerkte gar nicht mehr, wie der Zug einfuhr und die beiden Männer ihn auf den Gepäckwagen warfen.

Als er wieder zu sich kam, wurde er sich dunkel bewusst, dass seine Zunge schmerzte und dass es rüttelte, wie in einem sonderbaren Transportmittel. Der heiße Pfiff einer Lokomotive signalisierte ihm, wo er war. Er war zu oft mit dem Richter verreist, um dieses Rütteln auf einem Gepäckwagen nicht wiederzuerkennen. Er öffnete die Augen, in die die ungezügelte Wut eines entführten Königs trat. Der Mann neben ihm griff hastig nach seiner Kehle, doch Buck war zu schnell für ihn. Sein Kiefer vergrub sich in seiner Hand und entspannte sich erst, als Buck erneut die Sinne erstickten.

»Er hat Anfälle«, sagte der Mann und verbarg seine verletzte Hand vor dem Gepäckmann, der durch den Lärm des

sounds of struggle. „I'm takin' 'm up for the boss to 'Frisco. A crack dog-doctor there thinks that he can cure 'm."

Concerning that night's ride, the man spoke most eloquently for himself, in a little shed back of a saloon on the San Francisco waterfront.

„All I get is fifty for it," he grumbled; „an' I wouldn't do it over for a thousand, cold cash."

His hand was wrapped in a bloody handkerchief, and the right trouser leg was ripped from knee to ankle.

„How much did the other mug get?" the saloonkeeper demanded.

„A hundred," was the reply. „Wouldn't take a sou less, so help me."

„That makes a hundred and fifty," the saloon-keeper calculated; „and he's worth it, or I'm a squarehead."

The kidnapper undid the bloody wrappings and looked at his lacerated hand. „If I don't get the hydrophoby —"

„It'll be because you was born to hang," laughed the saloonkeeper. „Here, lend me a hand before you pull your freight," he added.

Dazed, suffering intolerable pain from throat and tongue, with the life half throttled out of him, Buck attempted to face his tormentors. But he was thrown down and choked repeatedly, till they succeeded in filing the heavy brass collar from off his neck. Then the rope was removed, and he was flung into a cagelike crate.

There he lay for the remainder of the weary night, nursing his wrath and wounded pride. He could not understand what it all meant. What did they want

Kampfes aufgescheucht wurde. »Ich bring' ihn für meinen Herrn nach Frisco. Ein Hundearzt dort denkt, dass er ihn heilen kann.«

Hinsichtlich dieses nächtlichen Ritts sprach der Mann höchst eloquent von sich selbst und seinem kleinen Schuppen hinter einem Salon an der Uferpromenade von San Francisco.

»Ich bekomm' nicht mehr als fünfzig dafür«, grummelte er, »und ich würd's nicht mehr tun, nicht für tausend bar auf die Hand.«

Seine Hand war in ein blutiges Taschentuch gewickelt und sein rechtes Hosenbein war vom Knie bis zum Knöchel aufgerissen.

»Wie viel hat der andere Kerl bekommen?«, fragte der Schaffner nach.

»Hundert«, war die Antwort. »Würde nicht einen Sou weniger nehmen, Gott hilf mir.«

»Das macht hundertfünfzig«, berechnete der Schaffner; »und er ist es Wert, oder ich bin ein Trottel!«

Der Entführer löste die blutige Bandage und schaute auf seine zerschundene Hand. »Wenn ich nur keine Tollwut bekomm'!«

»So wird es werden, du bist zum Hängen geboren«, lachte der Schaffner. »Hier, leih mir eine Hand, bevor du deine Fracht ziehen musst«, fügte er hinzu.

Benommen vor unerträglichen Schmerzen in Hals und Zunge, das Leben halb in ihm erstickt, stellte sich Buck seinen Peinigern entgegen. Doch er wurde niedergeworfen und immer wieder gewürgt, bis es ihnen gelang, das schwere Messinghalsband von seinem Hals zu feilen. Dann wurde das Seil entfernt und er in eine käfigartige Kiste schleuderte.

Dort lag er geschunden die übrige Nacht über, seinen Zorn und verletzten Stolz pflegend. Er verstand nicht, was das alles bedeuten sollte. Was wollten sie von ihm, diese selt-

with him, these strange men? Why were they keeping him pent up in this narrow crate? He did not know why, but he felt oppressed by the vague sense of impending calamity. Several times during the night he sprang to his feet when the shed door rattled open, expecting to see the Judge, or the boys at least. But each time it was the bulging face of the saloonkeeper that peered in at him by the sickly light of a tallow candle. And each time the joyful bark that trembled in Buck's throat was twisted into a savage growl.

But the saloonkeeper let him alone, and in the morning four men entered and picked up the crate. More tormentors, Buck decided, for they were evil-looking creatures, ragged and unkempt; and he stormed and raged at them through the bars. They only laughed and poked sticks at him, which he promptly assailed with his teeth till he realized that that was what they wanted. Whereupon he lay down sullenly and allowed the crate to be lifted into a wagon. Then he, and the crate in which he was imprisoned, began a passage through many hands. Clerks in the express office took charge of him; he was carted about in another wagon; a truck carried him, with an assortment of boxes and parcels, upon a ferry steamer; he was trucked off the steamer into a great railway depot, and finally he was deposited in an express car.

For two days and nights this express car was dragged along at the tail of shrieking locomotives; and for two days and nights Buck neither ate nor drank. In his anger he had met the first advances of the express messengers with growls, and they had retaliated by teasing him. When he flung himself against the bars, quivering and frothing, they laughed at him and taunted him. They growled and barked like detestable dogs,

samen Männer? Warum hatte man ihn in diese enge Kiste geworfen? Er wusste nicht warum, doch beschlich ihn das Gefühl, dass ihm großes Unheil drohte. Mehrmals in der Nacht sprang er auf die Beine, wenn die große Schiebetür des Wagens aufrasselte, und hoffte, den Richter oder zumindest seine Söhne zu erblicken. Doch jedes Mal war es nur das aufgedunsene Gesicht des Schaffners, das ihn im schwachen Licht einer Kerze anstarrte. Und jedes Mal verwandelte sich das freudige Bellen, das aus Bucks Kehle zitterte, in ein wildes Knurren.

Aber der Schaffner ließ ihn allein, und am Morgen betraten schließlich vier Männer den Wagen und hoben die Kiste an. Noch weitere Peiniger, dachte Buck entschieden, denn es waren bös aussehende Kreaturen, zerlumpt und verwahrlost; und er tobte und stürmte gegen die Latten seines Käfigs. Sie lachten nur und stießen Knüppel nach ihm, die er mit seinen Zähnen bestürmte, bis er erkannte, dass es genau das war, was sie von ihm erwarteten. So legte er sich verdrossen nieder und ließ die Kiste aus dem Wagen heben. Dann ging er in der Kiste, in der er gefangen gehalten wurde, durch die Passage vieler Hände. Beamte im Expressbüro übernahmen sie; er wurde in einen anderen Wagen gebracht; ein Lastkraftwagen brachte ihn zusammen mit anderen Kisten und Paketen auf einen Fährdampfer; der Dampfer brachte ihn über den Fluss in ein großes Eisenbahndepot und schließlich wurde er in einen Schnellzug verfrachtet.

Zwei Tage und Nächte wurde der Wagen am Heck einer kreischenden Lokomotive fortgetragen; und zwei Tage und Nächte erhielt Buck weder Essen noch Trinken. In seiner Wut beantwortete er die ersten Annäherungsversuche der Zugbegleiter mit Knurren, und sie vergalten es mit Spott. Wenn er sich bebend und schäumend gegen die Käfiglatten warf, lachten sie ihn aus und beschimpften ihn. Sie knurrten und bellten wie abscheuliche Hunde an, miauten oder

mewed, and flapped their arms and crowed. It was all very silly, he knew; but therefore the more outrage to his dignity, and his anger waxed and waxed. He did not mind the hunger so much, but the lack of water caused him severe suffering and fanned his wrath to fever pitch. For that matter, high-strung and finely sensitive, the ill treatment had flung him into a fever, which was fed by the inflammation of his parched and swollen throat and tongue.

He was glad for one thing: the rope was off his neck. That had given them an unfair advantage; but now that it was off, he would show them. They would never get another rope around his neck. Upon that he was resolved. For two days and nights he neither ate nor drank, and during those two days and nights of torment, he accumulated a fund of wrath that boded ill for whoever first fell foul of him. His eyes turned blood-shot, and he was metamorphosed into a raging fiend. So changed was he that the Judge himself would not have recognized him; and the express messengers breathed with relief when they bundled him off the train at Seattle.

Four men gingerly carried the crate from the wagon into a small, high-walled back yard. A stout man, with a red sweater that sagged generously at the neck, came out and signed the book for the driver. That was the man, Buck divined, the next tormentor, and he hurled himself savagely against the bars. The man smiled grimly, and brought a hatchet and a club.

„You ain't going to take him out now?" the driver asked.

„Sure," the man replied, driving the hatchet into the crate for a pry.

schlugen mit den Armen und krähten. Dies alles war sehr dumm, er wusste es; doch es empörte seine Würde umso mehr und sein Zorn wuchs und wuchs. Es war nicht so sehr der Hunger, doch unter dem Mangel an Wasser litt er schwer, und dies fächelte seinen Zorn in fiebrige Höhe. Auf diese Weise, so nervös und sensibel, hatte ihn die schlechte Behandlung in ein Fieber gestürzt, das das Brennen seines ausgetrockneten und geschwollenen Halses und Zunge näherte.

Über eines jedoch war er froh: Das Seil war von seinem Halse. Dies hatte ihnen einen ungleichen Vorteil verschafft; aber jetzt, da es fort war, würde er es ihnen zeigen. Nie wieder würden sie einen Strick um seinen Hals bekommen. Dazu war er fest entschlossen. Die Qual in diesen zwei Tagen und Nächten, in denen er weder Essen und Trinken bekam, sammelte sich zu einem gewaltigen Zorn, der sich in einem wilden Ausbruch entladen sollte bei jenem, der sich ihm zuerst näherte. Seine Augen waren blutunterlaufen, und er hatte sich in einen reißenden Bösewicht verwandelt. So verändert war er, dass selbst der Richter ihn nicht erkannt haben würde; und die Zugbegleiter atmeten erleichtert auf, als er in Seattle aus dem Zug geladen wurde.

Vier Männer trugen die Kiste vorsichtig aus dem Wagen in einen kleinen, hoch ummauerten Hinterhof. Ein dicker Kerl mit rotem Pullover, der am Hals etwas zu weit auslief, kam ihnen entgegen und unterzeichnete den Frachtbrief für den Fahrer. Buck ahnte, dass dieser Mann sein nächster Peiniger sein würde, und er warf sich heftig gegen die Käfiglatten. Der Mann lächelte drohend und holte ein Beil und einen Knüppel.

»Sie wollen den jetzt doch nicht etwa herausholen?«, fragte der Fahrer.

»Gewiss!«, antwortete der Mann und ließ das Beil wie einen Hebel in die Kiste fahren.

There was an instantaneous scattering of the four men
who had carried it in, and from safe perches on top
the wall they prepared to watch the performance.

Buck rushed at the splintering wood, sinking his teeth
into it, surging and wrestling with it. Wherever the
hatchet fell on the outside, he was there on the inside,
snarling and growling, as furiously anxious to get out
as the man in the red sweater was calmly intent on
getting him out.

„Now, you red-eyed devil,“ he said, when he had
made an opening sufficient for the passage of Buck's
body. At the same time he dropped the hatchet and
shifted the club to his right hand.

And Buck was truly a red-eyed devil, as he drew
himself together for the spring, hair bristling, mouth
foaming, a mad glitter in his blood-shot eyes. Straight
at the man he launched his one hundred and forty
pounds of fury, surcharged with the pent passion
of two days and nights. In mid air, just as his jaws
were about to close on the man, he received a shock
that checked his body and brought his teeth together with an agonizing clip. He whirled over, fetching
the ground on his back and side. He had never been
struck by a club in his life, and did not understand.
With a snarl that was part bark and more scream he
was again on his feet and launched into the air. And
again the shock came and he was brought crushing-
ly to the ground. This time he was aware that it was
the club, but his madness knew no caution. A doz-
en times he charged, and as often the club broke the
charge and smashed him down.

After a particularly fierce blow, he crawled to his
feet, too dazed to rush. He staggered limply about,

Die Männer, die die Kiste getragen hatten, flüchteten im Nu, und auf der Mauer, ein sicherer Hochsitz, machten sie sich bereit, das Schauspiel zu beobachten.

Buck stürzte sich auf das splitternde Holz, versenkte seine Zähne darin, stieß und rang damit. Überall dort, wo das Beil auf der Kiste niederging, schnappte er von innen fauchend und knurrend zu, wild darauf versessen hinaus zukommen, während der Mann im roten Pullover mit ruhiger Entschlossenheit weiter daran arbeitete, ihn herauszuholen.

»Komm heraus, du rotäugiger Teufel«, sagte er, als die Öffnung groß genug für Bucks Körper war. Gleich ließ er das Beil fallen und schnappte sich mit der Rechten den Knüppel.

Und wahrlich, Buck war ein rotäugiger Teufel, wie er sich mit gesträubtem Fell, Schaum vor dem Mund und einem irren Blitzen in den blutunterlaufenen Augen für den Sprung zusammenzog. Pfeilschnell stürzte er mit seinen hundertvierzig Pfund geballten Zorns, der sich in den zwei Tagen mit ganzer Leidenschaft angestaut hatte, auf den Mann los. In der Luft, eben als er seine Zähne in den Hals des Mannes versenken wollten, erhielt er einen Knüppelschlag, der ihn seinen Körper versteifen und ihm seinen Kiefer mit einem qualvollen Klack zuklappen ließ. Er wirbelte herum und flog auf den Rücken. Sein lebelang hatte man ihn noch nie mit einem Knüppel geschlagen und er verstand es nicht. Mit einem Knurren, das mehr Fauchen als Hundegekläff war, sprang er wieder auf die Beine und warf sich in die Luft. Und wieder schlug der Knüppel entsetzlich zu und warf ihn auf den Boden nieder. Jetzt wusste er, dass es der Knüppel war, doch in seiner Wut kannte er keine Vorsicht. Noch ein Dutzend Male griff er an und ebenso oft vereitelte der Knüppel den Angriff und schmetterte ihn nieder.

Nach einem besonders heftigen Schlag taumelte er auf den Beinen, doch er war zu benommen, um vor zu stürzen. Er

the blood flowing from nose and mouth and ears, his
beautiful coat sprayed and flecked with bloody slaver.
Then the man advanced and deliberately dealt him a
frightful blow on the nose. All the pain he had endured
was as nothing compared with the exquisite agony of
this. With a roar that was almost lionlike in its ferocity,
he again hurled himself at the man. But the man, shift-
ing the club from right to left, coolly caught him by
the under jaw, at the same time wrenching downward
and backward. Buck described a complete circle in the
air, and half of another, then crashed to the ground on
his head and chest.

For the last time he rushed. The man struck the shrewd
blow he had purposely withheld for so long, and Buck
crumpled up and went down, knocked utterly senseless.
„He's no slouch at dog-breakin', that's wot I say," one
of the men on the wall cried enthusiastically.

„Druther break cayuses any day, and twice on Sun-
days," was the reply of the driver, as he climbed on the
wagon and started the horses.

Buck's senses came back to him, but not his strength.
He lay where he had fallen, and from there he watched
the man in the red sweater.

„'Answers to the name of Buck,'" the man soliloquized,
quoting from the saloon-keeper's letter which had announced the consignment of the crate and contents.
„Well, Buck, my boy," he went on in a genial voice,
„we've had our little ruction, and the best thing we
can do is to let it go at that. You've learned your place,
and I know mine. Be a good dog and all 'll go well and
the goose hang high. Be a bad dog, and I'll whale the
stuffin' outa you. Understand?"

As he spoke he fearlessly patted the head he had so
mercilessly pounded, and though Buck's hair invol-

schwankte schlaff, Blut floss aus Nase, Maul und Ohren, sein schönes Fell war besprengt mit blutigem Geifer. Dann trat der Mann näher und versetzte ihm einen furchtbaren Schlag auf die Schnauze. All die Schmerzen, der er bereits erlitten hatte, waren nichts gegen diese unendliche Qual. Mit einem Brüllen, als stamme es von einem Löwen aus der Wildnis, stürzte er erneut auf den Mann zu. Doch der Mann warf seinen Knüppel von der Rechten in die Linke, packte ihn lässig beim Kiefer und schleuderte ihn zugleich hin und her. Buck wirbelte in der Luft herum und schlug nach einer halben Drehung mit Kopf und Brust voran zu Boden.

Dies war sein letzter Angriff. Der Mann hatte diesen Griff absichtlich solange zurückgehalten, und Buck schlug mit solcher Gewalt auf, dass er die Besinnung verlor.

»Der versteht sein Geschäft, das kann ich euch sagen«, rief einer der auf der Mauer hockenden Männer begeistert.

»Der macht so was jeden Tag und zwei Mal am Sonntag«, antwortete der Fahrer, während er auf seinen Wagen stieg und die Pferde spornte.

Bucks Sinne kehrten wieder, aber nicht seine Kraft. Er lag, wo er gefallen war, und von dort aus belauerte er den Kerl im roten Pullover.

»Hört auf den Namen Buck«, murmelte der Mann aus dem Frachtbrief des Zugbegleiters zitierend, der den Inhalt der Kiste beschrieb. »Nun, Buck, mein Junge«, fuhr er mit freundlicher Stimme fort, »wir hatten unseren kleinen Disput, und es ist wohl das Beste, was wir tun können, wenn es dabei bleibt. Du kennt nun deinen Platz und ich weiß um meinen. Sei ein braver Hund und alles wird gut gehen und die Gänse hängen hoch. Doch bist du ein böser Hund, dann dresch ich dir die Eingeweide raus. Verstanden?«

Während er sprach, tätschelte er furchtlos auf jenen Kopf, den er zuvor so unbarmherzig geschlagen hatte, und obwohl

untarily bristled at touch of the hand, he endured it without protest. When the man brought him water he drank eagerly, and later bolted a generous meal of raw meat, chunk by chunk, from the man's hand.

He was beaten (he knew that); but he was not broken. He saw, once for all, that he stood no chance against a man with a club. He had learned the lesson, and in all his after life he never forgot it. That club was a revelation. It was his introduction to the reign of primitive law, and he met the introduction halfway. The facts of life took on a fiercer aspect; and while he faced that aspect uncowed, he faced it with all the latent cunning of his nature aroused.

As the days went by, other dogs came, in crates and at the ends of ropes, some docilely, and some raging and roaring as he had come; and, one and all, he watched them pass under the dominion of the man in the red sweater. Again and again, as he looked at each brutal performance, the lesson was driven home to Buck: a man with a club was a lawgiver, a master to be obeyed, though not necessarily conciliated. Of this last Buck was never guilty, though he did see beaten dogs that fawned upon the man, and wagged their tails, and licked his hand. Also he saw one dog, that would neither conciliate nor obey, finally killed in the struggle for mastery.

Now and again men came, strangers, who talked excitedly, wheedlingly, and in all kinds of fashions to the man in the red sweater. And at such times that money passed between them the strangers took one or more of the dogs away with them. Buck wondered where they went, for they never came back; but the fear of

sich Bucks Fell unwillkürlich bei dieser Berührung sträubte, ertrug er sie ohne Protest. Als der Mann ihm später Wasser brachte, trank er eifrig, und eine großzügige Mahlzeit aus rohem Fleisch fraß er Brocken für Brocken aus seiner Hand. Er hatte verloren (das wusste er); aber gebrochen war er nicht. Ein für alle Mal sah Buck ein, dass er gegen diesen Kerl mit seinem Knüppel keine Chance hatte. Er hatte seine Lektion gelernt, und in seinem ganzen Leben würde er sie nie mehr vergessen. Dieser Knüppel war eine Offenbarung. Er war die Einführung in das Gesetz des Primitiven, und dieser Einführung war er auf halber Strecke entgegengekommen. Die Umstände seines Lebens hatten eine scharfe Wendung genommen; und während er diesen neuen Umständen nun unbeeindruckt entgegensah, erwachte in ihm all das schlummernde Wesen seiner Natur.

Die Tage vergingen, andere Hunde kamen, in Kisten gepfercht und an Leinen gebunden, einige waren fügsam und einige wüteten und sträubten sich wie er; und sie alle, dies erlebte er, kamen unter die Herrschaft des Kerls im roten Pullover. Immer wieder, bei jeder brutalen Züchtigung, hämmerte sich Buck die Lehre ein: Ein Mann mit einem Knüppel ist Gesetzgeber, der Herr, dem man gehorchen muss und nicht zu schmeicheln braucht. Von dieser Schwäche war Buck jedenfalls frei, doch er sah geprügelte Hunde, die den Mann hofierten und mit den Schwänzen wedelten und ihm die Hand leckten. Er sah auch einen Hund, der sich nicht unterwerfen und nicht gehorchen wollte, der schließlich im Kampf um die Herrschaft getötet wurde.

Hin und wieder kamen Leute, Fremde, die erregt und schmeichelnd in ganz verschiedenen Sprachen auf den Kerl im roten Pullover einsprachen. Und jedes Mal, wenn Geld zwischen ihnen wechselte, nahmen die Fremden einen oder gleich mehrere Hunde mit sich fort. Buck wunderte sich, wohin sie gingen, denn sie kehrten nie wieder; doch die

the future was strong upon him, and he was glad each time when he was not selected.

Yet his time came, in the end, in the form of a little weazened man who spat broken English and many strange and uncouth exclamations, which Buck could not understand.

„Sacredam!" he cried, when his eyes lit upon Buck. „Dat one dam bully dog! Eh? How moch?"

„Three hundred, and a present at that," was the prompt reply of the man in the red sweater. „And seem' it's government money, you ain't got no kick coming, eh, Perrault?"

Perrault grinned. Considering that the price of dogs had been boomed skyward by the unwonted demand, it was not an unfair sum for so fine an animal. The Canadian Government would be no loser, nor would its despatches travel the slower. Perrault knew dogs, and when he looked at Buck he knew that he was one in a thousand — „One in ten t'ousand," he commented mentally.

Buck saw money pass between them, and was not surprised when Curly, a good-natured Newfoundland, and he were led away by the little weazened man. That was the last he saw of the man in the red sweater, and as Curly and he looked at receding Seattle from the deck of the Narwhal, it was the last he saw of the warm Southland. Curly and he were taken below by Perrault and turned over to a black-faced giant called Francois.

Perrault was a French-Canadian, and swarthy; but Francois was a French-Canadian half-breed, and twice as swarthy. They were a new kind of men to Buck (of which he was destined to see many more), and while

Angst vor der Zukunft drückte stark auf ihn, und jedes Mal war er froh, wenn er nicht auserwählt wurde.

Aber auch seine Zeit kam schließlich, und zwar in der Gestalt eines kleinen, schmächtigen Mannes, der nur gebrochenes Englisch und viele seltsame und ungehobelte Aussprüche ausspuckte, die Buck nicht verstehen konnte.

»Himmel, Sakrament!«, rief er, als er sich Buck genau besah. »Das is' ein verdammt bulliger Hund, was! Wieviel?«

»Dreihundert, und das ist fast geschenkt!«, kam prompt die Antwort des Kerls im roten Pullover. »Und es scheint Geld der Regierung zu sein, das ist ein guter Handel, Perrault!«

Perrault grinste. Bedenkt man, dass die Preise für Hunde durch die große Nachfrage in den Himmel geschossen waren, war das für so ein feines Tier keine unfaire Summe. Der kanadischen Regierung wäre es kein Verlust, noch würde die Post nicht langsamer reisen. Perrault hatte Ahnung von Hunden, und als er Buck entdeckte, wusste er, dass er der Beste unter Tausenden wäre. – »Einer unter zehntausend«, murmelte er stumm.

Buck sah, wie das Geld zwischen den beiden wechselte, und er war nicht überrascht, als Curly, eine gutmütige Neufundländerin, und er von diesem kleinen, schmächtigen Mann weggeführt wurden. Dies war das letzte Mal, dass er dem Kerl mit dem roten Pullover begegnete, und als er gemeinsam mit Curly auf dem Deck der »Narwal« die Stadt Seattle entschwinden sah, war es das Letzte, was er vom warmen Süden zu Gesicht bekam. Perrault brachte Curly und ihn auf das Zwischendeck und übergab sie einem dunkelhäutigen Riesen namens François.

Perrault war ein Französisch-Kanadier und dunkelhäutig; aber François war ein französisch-kanadischer Mischling und doppelt so dunkel wie jener. Für Buck waren sie ein ganz neuer Schlag von Männern (von denen er noch viele

he developed no affection for them, he nonetheless grew honestly to respect them. He speedily learned that Perrault and Francois were fair men, calm and impartial in administering justice, and too wise in the way of dogs to be fooled by dogs.

In the 'tween-decks of the Narwhal, Buck and Curly joined two other dogs. One of them was a big, snow-white fellow from Spitzbergen who had been brought away by a whaling captain, and who had later accompanied a Geological Survey into the Barrens. He was friendly, in a treacherous sort of way, smiling into one's face the while he meditated some underhand trick, as, for instance, when he stole from Buck's food at the first meal. As Buck sprang to punish him, the lash of Francois's whip sang through the air, reaching the culprit first; and nothing remained to Buck but to recover the bone. That was fair of Francois, he decided, and the half-breed began his rise in Buck's estimation.

The other dog made no advances, nor received any; also, he did not attempt to steal from the newcomers. He was a gloomy, morose fellow, and he showed Curly plainly that all he desired was to be left alone, and further, that there would be trouble if he were not left alone. „Dave" he was called, and he ate and slept, or yawned between times, and took interest in nothing, not even when the Narwhal crossed Queen Charlotte Sound and rolled and pitched and bucked like a thing possessed. When Buck and Curly grew excited, half-wild with fear, he raised his head as though annoyed, favored them with an incurious glance, yawned, and went to sleep again.

andere zu Gesicht bekommen sollte), und während er ihnen wenig Zuneigung entgegen brachte, bemühte er sich dennoch redlich, sie zu respektieren. Schnell lernte er, dass Perrault und François faire Männer waren, die ruhig und besonnen walteten und zu viel von Hunden verstanden, als sich von ihnen täuschen zu lassen.

Auf dem Zwischendeck der Narwal begegneten Buck und Curly zwei weiteren Hunden. Einer von ihnen war ein großer, schneeweißer Kerl aus Spitzbergen, der einst vom Kapitän eines Walfängers fortgeschleppt wurde und schon eine geologische Expedition in der Arktis begleitet hatte. Er besaß eine durchtriebene Art Freundlichkeit und lächelte einem ins Gesicht, während er eine hinterhältige List ersann, zum Beispiel, als er Buck gleich bei der ersten Mahlzeit etwas Futter stahl. Doch, noch ehe Buck ihn strafen konnte, sang die Peitsche François' durch die Luft und wies den Übeltäter zurecht; und Buck blieb nichts anderes, als sich seinen Knochen zurückzuholen. Das war anständig von François, entschied er, und das Halbblut begann, in seiner Achtung zu steigen.

Der andere Hund duldete keine Annäherung; und er war auch nicht darauf bedacht, die Neulinge zu bestehlen. Er war ein düsterer, mürrischer Kerl, der Curly sehr deutlich zeigte, dass es ihm am liebsten sei, ihn in Ruhe zu lassen, und weiter, dass es Ärger versprach, wenn man seinen Frieden störte. »Dave« war sein Name, er fraß und schlief und in den Zeiten dazwischen döste er vor sich hin, nichts konnte sein Interesse erwecken, nicht einmal, als die Narwal beim Kreuzen des Königin-Charlotte-Sunds stöhnte, schniefte und grollte wie ein besessenes Ding. Während Buck und Curly erregt waren, halb wild geworden vor Angst, hob er nur mürrisch den Kopf, bedachte sie mit einem Unheil drohenden Blick, gähnte und döste dann weiter.

Day and night the ship throbbed to the tireless pulse of the propeller, and though one day was very like another, it was apparent to Buck that the weather was steadily growing colder. At last, one morning, the propeller was quiet, and the Narwhal was pervaded with an atmosphere of excitement. He felt it, as did the other dogs, and knew that a change was at hand. Francois leashed them and brought them on deck.

At the first step upon the cold surface, Buck's feet sank into a white mushy something very like mud. He sprang back with a snort. More of this white stuff was falling through the air. He shook himself, but more of it fell upon him. He sniffed it curiously, then licked some up on his tongue. It bit like fire, and the next instant was gone. This puzzled him. He tried it again, with the same result. The onlookers laughed uproariously, and he felt ashamed, he knew not why, for it was his first snow.

CHAPTER 2

The Law of Club and Fang

Buck's first day on the Dyea beach was like a nightmare. Every hour was filled with shock and surprise. He had been suddenly jerked from the heart of civilization and flung into the heart of things primordial. No lazy, sun-kissed life was this, with nothing to do but loaf and be bored. Here was neither peace, nor rest, nor a moment's safety. All was confusion and action, and every moment life and limb were in peril. There was imperative need to be constantly alert; for these dogs and men were not town dogs and men.

Tag und Nacht stampfte die Maschine des Schiffs im unermüdlichen Takt der Schiffsschraube, und so war ein Tag wie der andere, doch Buck bemerkte, dass das Wetter rauer und die Luft kälter wurde. Endlich, eines Morgens, stand die Schiffsschraube still, und auf der Narwal machte sich eine aufgeregte Stimmung breit. Er spürte es, so wie die anderen Hunde, und wusste, dass dies Veränderung bedeutet. François leinte die Hunde an und brachte sie von Bord.

Beim ersten Schritt auf dem kalten Boden sanken Bucks Pfoten in ein weißes, weiches Etwas, das ihm wie Schlamm vorkam. Ausschnaubend wich er zurück. Mehr noch von diesem weißen Etwas fiel vom Himmel herab. Er schüttelte sich, aber mehr davon fiel gleich wieder auf ihn nieder. Er beroch es neugierig, beleckte es dann vorsichtig mit der Zunge. Es biss wie Feuer und im nächsten Augenblick war es schon wieder weg. Das verwirrte ihn. Er versuchte es nochmals, doch das Ergebnis blieb gleich. Seine Zuschauer brachen in ein schallendes Gelächter aus, und er schämte sich, er wusste nicht warum, denn dies war sein erster Schnee.

KAPITEL 2

Das Gesetz der Knüppel und Zähne

Bucks erster Tag am Strand von Dyea war ein Albtraum. Jede einzelne Stunde steckte voller Entsetzen und Überraschungen. Urplötzlich war er aus dem Herzen der Zivilisation gerissen und in das Herz der Wildnis geworfen worden. Das war kein träges, sonniges Leben mehr, es gab nichts zu tun außer Faulenzerei und Langeweile. Hier gab es weder Frieden, noch Ruhe, noch einen Moment der Sicherheit. Es war alles nur Verwirrung und Bewegung, und in jedem Moment waren Leib und Leben in Gefahr. Man musste ständig auf der Hut sein; denn diese Hunde und Männer waren keine Hunde und Männer aus der Stadt. Es waren Wilde,

29

They were savages, all of them, who knew no law but the law of club and fang.

He had never seen dogs fight as these wolfish creatures fought, and his first experience taught him an unforgettable lesson. It is true, it was a vicarious experience, else he would not have lived to profit by it. Curly was the victim.

They were camped near the log store, where she, in her friendly way, made advances to a husky dog the size of a full-grown wolf, though not half so large as she. There was no warning, only a leap in like a flash, a metallic clip of teeth, a leap out equally swift, and Curly's face was ripped open from eye to jaw.

It was the wolf manner of fighting, to strike and leap away; but there was more to it than this. Thirty or forty huskies ran to the spot and surrounded the combatants in an intent and silent circle. Buck did not comprehend that silent intentness, nor the eager way with which they were licking their chops. Curly rushed her antagonist, who struck again and leaped aside. He met her next rush with his chest, in a peculiar fashion that tumbled her off her feet. She never regained them. This was what the onlooking huskies had waited for. They closed in upon her, snarling and yelping, and she was buried, screaming with agony, beneath the bristling mass of bodies.

So sudden was it, and so unexpected, that Buck was taken aback. He saw Spitz run out his scarlet tongue in a way he had of laughing; and he saw Francois, swinging an axe, spring into the mess of dogs. Three men with clubs were helping him to scatter them. It did not take long. Two minutes from the time Curly went down, the last of her assailants were clubbed

jeder Einzelne von ihnen, die kein Gesetz kannten außer das Gesetz von Knüppel und Zähnen.

Nie hatte er Hunde kämpfen gesehen wie diese wölfischen Kreaturen, und seine erste Erfahrung wurde ihm eine unvergessliche Lektion. Es ist wahr, es war eine Art Ersatzerfahrung, anders hätte er nicht mehr gelebt, um von ihr zu profitieren. Curly war das Opfer.

Sie lagerten in der Nähe eines Holzstoßes, wo sie in ihrer freundlichen Art und Weise einen Husky in der Größe eines ausgewachsenen Wolfes beschnupperte, der nur halb so groß war wie sie. Es gab keine Warnung, nur ein Sprung wie ein Blitz, das metallische Zusammenklappen von Zähnen, ein ebenso schneller Sprung zurück, und das Gesicht Curlys war vom Auge bis zum Kiefer aufgeschlitzt.

Es war ganz die Kampfesweise von Wölfen, zuschlagen und wieder auf Distanz gehen; doch es gab noch mehr als das. Dreißig oder vierzig Huskys liefen zur Stelle und umzingelten die Kämpfenden in einem bestimmten und stillen Kreis. Buck verstand ihre stille Erwartung nicht, ebenso wenig wie ihre eifrige Art, an ihren Pfoten zu lecken. Curly sprang wild auf ihren Gegner zu, der erneut zuschlug und wieder zur Seite wich. Er traf sie auf eine ganz eigentümliche Weise mit der Brust, dass sie taumelte und zu Boden ging. Nie wieder stand sie auf. Das war es, worauf die Huskys gewartet hatten. Knurrend und jaulend stürzten sie auf sie zu, und qualvoll schreiend wurde sie unter dem Knäuel ihrer Leiber begraben.

So plötzlich und unerwartet geschah dies, dass Buck der Atem stockte. Er sah, wie Spitz seine scharlachrote Zunge ausstreckte, als würde er lachen; und er sah, wie François eine Axt schwang und in die Meute sprang. Drei Männer mit Knüppeln halfen ihm dabei, sie auseinander zu treiben. Es dauerte nicht lange. Zwei Minuten vergingen nur, seit Curly zu Boden ging, bis der letzte ihrer Angreifer fort-

off. But she lay there limp and lifeless in the bloody, trampled snow, almost literally torn to pieces, the swart half-breed standing over her and cursing horribly.

The scene often came back to Buck to trouble him in his sleep. So that was the way. No fair play. Once down, that was the end of you. Well, he would see to it that he never went down. Spitz ran out his tongue and laughed again, and from that moment Buck hated him with a bitter and deathless hatred.

Before he had recovered from the shock caused by the tragic passing of Curly, he received another shock. Francois fastened upon him an arrangement of straps and buckles. It was a harness, such as he had seen the grooms put on the horses at home. And as he had seen horses work, so he was set to work, hauling Francois on a sled to the forest that fringed the valley, and returning with a load of firewood. Though his dignity was sorely hurt by thus being made a draught animal, he was too wise to rebel. He buckled down with a will and did his best, though it was all new and strange. Francois was stern, demanding instant obedience, and by virtue of his whip receiving instant obedience; while Dave, who was an experienced wheeler, nipped Buck's hind quarters whenever he was in error. Spitz was the leader, likewise experienced, and while he could not always get at Buck, he growled sharp reproof now and again, or cunningly threw his weight in the traces to jerk Buck into the way he should go. Buck learned easily, and under the combined tuition of his two mates and Francois made remarkable progress. Ere they returned to camp he knew enough to stop at „ho," to

geprügelt war. Sie aber lag schlaff und leblos im blutüberströmten, zertrampelten Schnee, buchstäblich in Stücke gerissen, das schwarze Halbblut stand über ihr und fluchte fürchterlich.

Oft kam Buck diese Szene ins Bewusstsein zurück und beunruhigte ihn im Schlaf. Das war also diese Art und Weise. Es gab keine Fairness. Einmal am Boden und es war vorbei mit dir. Nun, er wollte dafür sorgen, dass er nie unterging. Spitz streckte seine Zunge heraus und lachte wieder, und von diesem Moment an hasste Buck ihn mit bitterem und unsterblichem Groll.

Bevor Buck den Schock um den tragischen Tod Curlys verwunden hatte, erlitt er einen neuen Schock. François befestigte Riemen und Schnallen an ihm. Es war ein Geschirr, wie es auch die Knechte den Pferden zu Hause angelegt hatten. Und so wie er die Pferde arbeiten sah, sollte nun auch er arbeiten, um François auf einem Schlitten in den Wald zu schleppen, der das Tal säumte, und mit einer Ladung Brennholz zurückzukehren. Auch wenn ihn das sehr verletzte, dass er zu einem Arbeitstier geworden war, war er schlau genug, nicht zu rebellieren. Er unterwarf sich und tat sein Bestes, obwohl ihm alles neu und fremd war. François war streng und verlangte unbedingten Gehorsam, und mit seiner Peitsche forderte er diesen Gehorsam ein; während Dave, der ein erfahrener Zughund war, bei jedem kleinen Fehler in Bucks Hinterteil schnappte. Spitz war der Leithund, ebenfalls erfahren, und weil er Buck nicht immer erreichen konnte, knurrte er nur hin und wieder scharf einen Tadel oder warf sich mit seinem Gewicht geschickt gegen die Leinen, um Buck in die Spur zurückzudrängen. Buck lernte schnell, und unter der kombinierten Anleitung seiner beiden Kameraden und der François' machte er bemerkenswerten Fortschritt. Noch ehe sie ins Lager zurückkehrten, wusste er genug, um bei »Ho!« zu stoppen oder bei

go ahead at „mush," to swing wide on the bends, and to keep clear of the wheeler when the loaded sled shot downhill at their heels.

„T'ree vair' good dogs," Francois told Perrault. „Dat Buck, heem pool lak hell. I tich heem queek as anyt'ing."

By afternoon, Perrault, who was in a hurry to be on the trail with his despatches, returned with two more dogs. „Billee" and „Joe" he called them, two brothers, and true huskies both. Sons of the one mother though they were, they were as different as day and night.

Billee's one fault was his excessive good nature, while Joe was the very opposite, sour and introspective, with a perpetual snarl and a malignant eye. Buck received them in comradely fashion, Dave ignored them, while Spitz proceeded to thrash first one and then the other. Billee wagged his tail appeasingly, turned to run when he saw that appeasement was of no avail, and cried (still appeasingly) when Spitz's sharp teeth scored his flank. But no matter how Spitz circled, Joe whirled around on his heels to face him, mane bristling, ears laid back, lips writhing and snarling, jaws clipping together as fast as he could snap, and eyes diabolically gleaming — the incarnation of belligerent fear. So terrible was his appearance that Spitz was forced to forego disciplining him; but to cover his own discomfiture he turned upon the inoffensive and wailing Billee and drove him to the confines of the camp.

By evening Perrault secured another dog, an old husky, long and lean and gaunt, with a battle-scarred face and a single eye, which flashed a warning of prowess that commanded respect. He was called Sol-leks, which means the Angry One. Like Dave, he asked nothing,

»Marsch!« anzuziehen, die Kurven im weiten Bogen auszulaufen und die Fersen von den Kufen fernzuhalten, wenn der beladene Schlitten bergab schoss.

»Drei prächtige Hunde«, sagte François zu Perrault. »Dieser Buck zieht wie Hölle. Ich bring's ihm bei, so schnell wie nur was.«

Am Nachmittag kehrte Perrault, der es mit der Abreise sehr eilig hatte, mit zwei weiteren Hunden zurück. Sie hießen Billie und Joe, zwei Brüder und beide echte Huskys. Obwohl sie Söhne derselben Mutter waren, unterschieden sie sich wie Tag und Nacht.

Billies Schwäche war seine übermäßige Gutmütigkeit, während Joe das genaue Gegenteil war, unfreundlich und verschlossen, ständig knurrend mit bösem Blick. Buck nahm sie kameradschaftlich auf, Dave ignorierte sie, während Spitz zuerst den einen und dann den anderen zurechtwies. Billie wedelte beschwichtigend mit dem Schwanz, drehte sich um, um wegzulaufen, doch als er sah, dass die Beschwichtigung umsonst war, klagte er (immer noch beschwichtigend), während Spitz' scharfe Zähne seine Flanke erreichten. Doch Joe, egal wie Spitz ihn umkreiste, wirbelte auf den Fersen herum, um ihm gegenüber zu bleiben, sträubte das Fell, spannte die Ohren, kräuselte die Lippen und knurrte, schnappte mit dem Kiefer so schnell zusammen, wie er konnte, seine Augen teuflisch glühend – die Fleischwerdung kriegerischer Angst. So schrecklich war sein Anblick, dass Spitz abzog und darauf verzichtete, ihn zu disziplinieren; um aber von seiner eigenen Niederlage abzulenken, scheuchte er den harmlosen und wehklagenden Billie bis an die Grenzen des Lagers.

Am Abend brachte Perrault einen weiteren Hund, einen alten Husky, lang und schlank und hager, mit kampferprobtem Gesicht und nur einem Auge, das furchtlos warnend aufblitzte und Respekt gebot. Er hieß Sol-leks, was »der Zornige« bedeutet. Ganz wie Dave interessierte ihn

gave nothing, expected nothing; and when he marched slowly and deliberately into their midst, even Spitz left him alone. He had one peculiarity, which Buck was unlucky enough to discover. He did not like to be approached on his blind side. Of this offence Buck was unwittingly guilty, and the first knowledge he had of his indiscretion was when Sol-leks whirled upon him and slashed his shoulder to the bone for three inches up and down. Forever after Buck avoided his blind side, and to the last of their comradeship had no more trouble. His only apparent ambition, like Dave's, was to be left alone; though, as Buck was afterward to learn, each of them possessed one other and even more vital ambition.

That night Buck faced the great problem of sleeping. The tent, illumined by a candle, glowed warmly in the midst of the white plain; and when he, as a matter of course, entered it, both Perrault and Francois bombarded him with curses and cooking utensils, till he recovered from his consternation and fled ignominiously into the outer cold. A chill wind was blowing that nipped him sharply and bit with especial venom into his wounded shoulder. He lay down on the snow and attempted to sleep, but the frost soon drove him shivering to his feet. Miserable and disconsolate, he wandered about among the many tents, only to find that one place was as cold as another. Here and there savage dogs rushed upon him, but he bristled his neckhair and snarled (for he was learning fast), and they let him go his way unmolested.

Finally an idea came to him. He would return and see how his own teammates were making out. To his astonishment, they had disappeared. Again he wandered about through the great camp, looking for them, and

nichts, gab er nichts und erwartete nichts; und als er langsam und bedächtig in ihre Mitte marschierte, ließ ihn auch Spitz in Ruhe. Er besaß eine Besonderheit und Buck hatte das Pech, sie als Erster zu entdecken. Denn er konnte es nicht ertragen, wenn man sich ihm auf seiner blinden Seite näherte. Buck machte sich dieses Verstoßes unwissentlich schuldig, und seine Anmaßung erkannte er erst, nachdem Sol-leks auf ihn zugesprungen und seine Schulter auf ganze drei Zoll lang bis auf die Knochen aufgeschlitzt hatte. Buck mied fortan seine blinde Seite und bis zum letzten Tag ihrer Kameradschaft hatten sie keinen Ärger mehr. Sein einziges Verlangen war es scheinbar, ihn wie Dave in Ruhe zu lassen; doch Buck sollte später lernen, dass jeder von beiden noch andere und viel wichtigere Ambitionen hatte.

In dieser Nacht wusste Buck nicht, wo er schlafen sollte. Das Zelt wurde von einer Kerze erhellt, warm und einladend in der Mitte des weißen Platzes leuchtend; und als er wie selbstverständlich eintrat, bombardierten ihn Perrault und François beide mit Flüchen und Kochgeschirr, bis er seine Bestürzung überwand und mit Schimpf und Schande hinaus in die Kälte floh. Es wehte ein eisiger Wind, der scharf und besonders böse in seine verwundete Schulter biss. Er kauerte sich in den Schnee und versuchte zu schlafen, doch der Frost trieb ihn bald wieder auf seine zitternden Beine. Frierend und trostlos wanderte er zwischen den Zelten umher, doch jeder Ort kam ihm so kalt wie der andere vor. Hier und dort stürzten fremde Hunde auf ihn zu, aber er sträubte sein Nackenhaar und fauchte (schnell hatte er das gelernt), und die Hunde ließen ihn unbehelligt weiterziehen.

Schließlich hatte er einen Einfall. Er wollte zurückkehren und schauen, wie seine Gefährten damit fertig würden. Zu seinem Erstaunen aber waren sie verschwunden. Wieder zog er durch das große Lager, um sie zu suchen, und im-

again he returned. Were they in the tent? No, that could not be, else he would not have been driven out. Then where could they possibly be? With drooping tail and shivering body, very forlorn indeed, he aimlessly circled the tent. Suddenly the snow gave way beneath his fore legs and he sank down. Something wriggled under his feet. He sprang back, bristling and snarling, fearful of the unseen and unknown. But a friendly little yelp reassured him, and he went back to investigate. A whiff of warm air ascended to his nostrils, and there, curled up under the snow in a snug ball, laid Billee. He whined placatingly, squirmed and wriggled to show his good will and intentions, and even ventured, as a bribe for peace, to lick Buck's face with his warm wet tongue.

Another lesson. So that was the way they did it, eh? Buck confidently selected a spot, and with much fuss and waste effort proceeded to dig a hole for himself. In a trice the heat from his body filled the confined space and he was asleep. The day had been long and arduous, and he slept soundly and comfortably, though he growled and barked and wrestled with bad dreams.
Nor did he open his eyes till roused by the noises of the waking camp. At first he did not know where he was. It had snowed during the night and he was completely buried. The snow walls pressed him on every side, and a great surge of fear swept through him — the fear of the wild thing for the trap. It was a token that he was harking back through his own life to the lives of his forebears; for he was a civilized dog, an unduly civilized dog, and of his own experience knew no trap and so could not of himself fear it. The muscles of his whole body contracted spasmodically

mer wieder kehrte er zurück. Waren sie im Zelt? Nein, das konnte nicht sein, sie wären vertrieben worden wie er. Wo aber könnten sie stecken? Einsam mit hängendem Schwanz und am ganzen Körper frierend zog er ziellos um das Zelt. Da gab plötzlich der Schnee unter seinen Vorderbeinen nach und er sank ein. Unter seinen Füßen wand sich etwas. Er sprang zurück, gespannt und knurrend, ängstlich vor dem Unsichtbaren und Unbekannten. Doch ein freundlich kurzes Jaulen beruhigte ihn und er ging zurück, um es zu untersuchen. Ein Hauch warmer Luft stieg ihm in die Nase, und dort, unter dem Schnee, entdeckte er schließlich Billie, der sich zu einem Knäuel gemütlich zusammengerollt hatte. Er winselte freundlich, krümmte und wand sich, um seine guten Absichten anzuzeigen, und wagte sogar, als wäre es ein Friedensangebot, Bucks Gesicht mit seiner warmen Zunge zu belecken.

Das war die nächste Lektion. So also hatten sie es getan! Buck suchte sich einen Platz, und mit viel Aufwand und verschwendeter Mühe begann er, ein Loch für sich zu graben. Im Nu füllte sich der geschlossene Raum mit der Wärme seines Körpers und er schlief ein. Es war ein langer und beschwerlicher Tag gewesen, er schlief tief und fest, während er knurrend und stöhnend mit quälenden Träumen rang.

Erst durch die Geräusche des erwachenden Lagers wurde er wieder munter. Zunächst wusste er nicht, wo er war. In der Nacht hatte es geschneit und er war vollständig begraben. Die Schneewände drückten von allen Seiten, und eine panische Angst durchzuckte ihn – die Angst wilder Tiere vor einer Falle. Es war wie ein Signal, dass er in seinem eigenen Leben nun die Spuren seiner Vorfahren wiederentdeckte; denn Buck war ein zivilisierter Hund, ein äußerst zivilisierter Hund, und nie war er in eine Falle getappt und hatte selbst nie die Furcht vor einer erfahren. Instinktiv und krampfhaft spannten sich die Muskeln seines ganzen Kör-

and instinctively, the hair on his neck and shoulders stood on end, and with a ferocious snarl he bounded straight up into the blinding day, the snow flying about him in a flashing cloud. Ere he landed on his feet, he saw the white camp spread out before him and knew where he was and remembered all that had passed from the time he went for a stroll with Manuel to the hole he had dug for himself the night before.

A shout from Francois hailed his appearance. „Wot I say?“ the dog-driver cried to Perrault. „Dat Buck for sure learn queek as anyt’ing.“
Perrault nodded gravely. As courier for the Canadian Government, bearing important despatches, he was anxious to secure the best dogs, and he was particularly gladdened by the possession of Buck.
Three more huskies were added to the team inside an hour, making a total of nine, and before another quarter of an hour had passed they were in harness and swinging up the trail toward the Dyea Canon. Buck was glad to be gone, and though the work was hard he found he did not particularly despise it. He was surprised at the eagerness which animated the whole team and which was communicated to him; but still more surprising was the change wrought in Dave and Sol-leks. They were new dogs, utterly transformed by the harness. All passiveness and unconcern had dropped from them. They were alert and active, anxious that the work should go well, and fiercely irritable with whatever, by delay or confusion, retarded that work. The toil of the traces seemed the supreme expression of their being, and all that they lived for and the only thing in which they took delight.

pers, sein Haar sträubte sich auf Nacken und Schultern und mit einem wütenden Knurren sprang er geradewegs nach oben hinaus in den blendenden Tag, der Schnee über ihm zerstob in einer glitzernden Wolke. Noch bevor er mit den Füßen den Boden berührte, breitete sich vor ihm das weiße Lager aus, und er wusste, wo er war, und erinnerte sich sogleich an all das Vergangene von der Zeit an, als ihn Manuel entführte, bis zur gestrigen Nacht, als er ein Loch für sich gegraben hatte.

Ein freudiger Aufschrei von François begleitete sein Erscheinen. »Was soll ich sagen dir!«, rief der Schlittenführer Perrault zu. »Diesa Buck schnella lernt gewiss als die annern!« Perrault nickte ernst. Als Kurier der Regierung Kanadas, der wichtige Depeschen transportierte, war er darauf bedacht, sich die besten Hunde zu sichern, und von allen seinen Erwerbungen war er über Buck am meisten erfreut.

In der nächsten Stunde wurde das Gespann um drei weitere Huskys aufgestockt, insgesamt waren sie nun zu neunt, und nach einer weiteren Viertelstunde waren alle angespannt und auf dem Weg von Dyea nach Canon. Buck war froh, fort zu gehen, und obwohl sich die Arbeit als beschwerlich herausstellte, lehnte er sich nicht dagegen auf. Er war überrascht von dem Eifer, der das ganze Gespann erfüllte und der sich ihm zeigte; noch überraschter aber war er über die Veränderung von Dave und Sol-leks. Wie ausgewechselte Hunde waren sie, als hätte sie das Geschirr verwandelt. Ihr Desinteresse und ihre Sorglosigkeit waren von ihnen abgefallen. Sie waren aufmerksam und lebendig, bedacht darauf, dass die Arbeit gut voran kommt, und besonders reizte sie, was auch immer für Unterbrechung oder Trubel sorgte und die Arbeit bremste. Die Arbeit auf dem Track schien der höchste Ausdruck ihres Wesens zu sein, und es war alles, wofür sie lebten, und das Einzige, was ihnen Freude bereitete.

Dave was wheeler or sled dog, pulling in front of him was Buck, then came Sol-leks; the rest of the team was strung out ahead, single file, to the leader, which position was filled by Spitz.

Buck had been purposely placed between Dave and Sol-leks so that he might receive instruction. Apt scholar that he was, they were equally apt teachers, never allowing him to linger long in error, and enforcing their teaching with their sharp teeth. Dave was fair and very wise. He never nipped Buck without cause, and he never failed to nip him when he stood in need of it. As Francois's whip backed him up, Buck found it to be cheaper to mend his ways than to retaliate. Once, during a brief halt, when he got tangled in the traces and delayed the start, both Dave and Sol-leks flew at him and administered a sound trouncing. The resulting tangle was even worse, but Buck took good care to keep the traces clear thereafter; and ere the day was done, so well had he mastered his work, his mates about ceased nagging him. Francois's whip snapped less frequently, and Perrault even honored Buck by lifting up his feet and carefully examining them.

It was a hard day's run, up the Canon, through Sheep Camp, past the Scales and the timberline, across glaciers and snowdrifts hundreds of feet deep, and over the great Chilcoot Divide, which stands between the salt water and the fresh and guards forbiddingly the sad and lonely North. They made good time down the chain of lakes, which fills the craters of extinct volcanoes, and late that night pulled into the huge

Dave war »Wheeler« oder Zughund, vor ihm zog Buck, dann folgte Sol-leks; der Rest des Gespanns reihte sich weiter bis vor zum Leithund, die Position, die Spitz ausfüllte. Buck war absichtlich zwischen Dave und Sol-leks platziert worden, sodass er Anweisungen empfangen konnte. So wie er ein gelehriger Schüler war, waren sie gleichermaßen würdige Lehrer, die ihm nie sehr lang erlaubten, Fehler zu machten, und ihre Lehren mit scharfen Zähnen nachhaltig durchsetzten. Dave war anständig und sehr klug. Nie biss er ohne Grund und nie biss er mehr als es nottat. Die Peitsche von François unterstützte ihn dabei, Buck fand es besser, sein Verhalten anzupassen, als Vergeltung zu üben. Einmal, während eines kurzen Stopps, als er sich in den Leinen verheddert und den Aufbruch verzögert hatte, schossen Dave und Solleks gleich auf ihn zu und verabreichten ihm einen gehörigen Denkzettel. Das daraus resultierende Gewirr war noch schlimmer, doch Buck achtete nun sorgfältig darauf, die Leinen frei zu halten; und noch ehe der Tag vorüber war, beherrschte er seine Arbeit so gut, dass seine Gefährten ihn kaum mehr zurechtweisen mussten. Die Peitsche François' knallte seltener und Perrault lobte Buck sogar, als er abends die Füße der Hunde mit großer Sorgfalt untersuchte.

Es war ein schwerer Tagesmarsch nach Canon gewesen, über Weidegründe, am Scales[1] vorüber über die Baumgrenze hinaus, vorbei an Gletschern und dreißig Meter hohen Schneewehen, über die große Kluft von Chilkoot hinweg, die Salz- und Süßgewässer trennt und den trostlosen und einsamen Norden bewacht. Es ging zügig vorbei an einer Seenkette aus überfluteten Kratern erloschener Vulkane, und spät in der Nacht erreichten sie das gewaltige Lager am Ufer des Lake Bennett, wo Tausende Goldgräber Boo-

---

1   Scales ist der Name eines kleinen Hochbeckens entlang des Chilkoot Trail.

camp at the head of Lake Bennett, where thousands of gold seekers were building boats against the break-up of the ice in the spring. Buck made his hole in the snow and slept the sleep of the exhausted just, but all too early was routed out in the cold darkness and harnessed with his mates to the sled.

That day they made forty miles, the trail being packed; but the next day, and for many days to follow, they broke their own trail, worked harder, and made poorer time. As a rule, Perrault travelled ahead of the team, packing the snow with webbed shoes to make it easier for them. Francois, guiding the sled at the gee-pole, sometimes exchanged places with him, but not often. Perrault was in a hurry, and he prided himself on his knowledge of ice, which knowledge was indispensable, for the fall ice was very thin, and where there was swift water, there was no ice at all.

Day after day, for days unending, Buck toiled in the traces. Always, they broke camp in the dark, and the first gray of dawn found them hitting the trail with fresh miles reeled off behind them. And always they pitched camp after dark, eating their bit of fish, and crawling to sleep into the snow. Buck was ravenous. The pound and a half of sun-dried salmon, which was his ration for each day, seemed to go nowhere. He never had enough, and suffered from perpetual hunger pangs. Yet the other dogs, because they weighed less and were born to the life, received a pound only of the fish and managed to keep in good condition.

He swiftly lost the fastidiousness, which had characterized his old life. A dainty eater, he found that his mates, finishing first, robbed him of his unfinished ration. There was no defending it. While he was fighting off two or three, it was disappearing down the throats

te bauten und das Aufbrechen des Eises erwarteten. Buck buddelte sich ein Loch in den Schnee und schlief den Schlaf des Gerechten, doch viel zu früh schon wurde er wieder in die kalte Dunkelheit getrieben und mit seinen Kameraden an den Schlitten gespannt.

An diesem Tag legten sie vierzig Meilen an einer ausgetretenen Spur entlang zurück; doch am nächsten Tag und an vielen darauf folgenden würden sie sich ihren eigenen Weg bahnen und sich härter mühen müssen und doch nur langsam vorankommen. Zumeist ging Perrault dem Gespann voraus und stampfte den Schnee mit seinen Schneeschuhen zusammen, um es ihnen leichter zu machen. François lenkte den Schlitten an der Lenkstange, und manchmal, aber selten, wechselten sie sich ab. Perrault hatte es eilig, und er rühmte sich für sein Wissen um die Schneeverhältnisse, ein unerlässliches Wissen, denn mitunter war das Eis sehr dünn und an den Stellen über fließendem Gewässer gab es überhaupt kein Eis.

Tag für Tag, unendliche Tage, schuftete Buck in den Leinen. Stets brachen sie in der Dunkelheit auf, und beim ersten Morgengrauen hatten sie bereits einige Meilen zurückgelegt. Und stets nach Einbruch der Dunkelheit schlugen sie ihr Lager wieder auf, fraßen eine kleine Fischration und gruben sich im Schnee ein, um zu schlafen. Buck war ausgehungert. Ein und einhalb Pfund in der Sonne gedörrten Lachses, seine Ration an jedem Tage, reichten ihm nicht. Nie hatte er genug, und so litt er unter dem ewig stechenden Hunger. Doch die anderen Hunde, die kleiner als er und für dieses Leben geboren waren, erhielten nur ein Pfund der Fische und schaffte es, in einem guten Zustand zu bleiben.

Die verwöhnte Art, die sein früheres Leben ausmachte, verdrängte er schnell. Als ein bedächtiger Fresser stellte er schnell fest, dass seine Kameraden, die als erstes fertig waren, ihm nun seine verbliebene Ration raubten. Eine Verteidigung war zwecklos. Während er zwei oder drei Versuche abwehrte, ver-

of the others. To remedy this, he ate as fast as they; and, so greatly did hunger compel him, he was not above taking what did not belong to him. He watched and learned. When he saw Pike, one of the new dogs, a clever malingerer and thief, slyly steal a slice of bacon when Perrault's back was turned, he duplicated the performance the following day, getting away with the whole chunk. A great uproar was raised, but he was unsuspected; while Dub, an awkward blunderer who was always getting caught, was punished for Buck's misdeed.

This first theft marked Buck as fit to survive in the hostile Northland environment. It marked his adaptability, his capacity to adjust himself to changing conditions, the lack of which would have meant swift and terrible death. It marked, further, the decay or going to pieces of his moral nature, a vain thing and a handicap in the ruthless struggle for existence. It was all well enough in the Southland, under the law of love and fellowship, to respect private property and personal feelings; but in the Northland, under the law of club and fang, whoso took such things into account was a fool, and in so far as he observed them he would fail to prosper.

Not that Buck reasoned it out. He was fit, that was all, and unconsciously he accommodated himself to the new mode of life. All his days, no matter what the odds, he had never run from a fight. But the club of the man in the red sweater had beaten into him a more fundamental and primitive code. Civilized, he could have died for a moral consideration, say the defence of Judge Miller's riding-whip; but the completeness of his decivilization was now evidenced by his ability to flee from the defence of a moral consideration and so save

schwand das Diebesgut in den Kehlen der anderen. Um dies zu verhindern, fraß er so schnell wie auch sie; der Hunger ist eine starke Triebkraft und so war sich Buck auch nicht zu schade zu nehmen, was ihm nicht gehörte. Er beobachtete und lernte. Einst sah er Pike, einen der neuen Hunde, ein kluger Trickser und Dieb, wie er sich eine Scheibe Speck stahl, während Perrault ihm den Rücken zuwandte, und am folgenden Tag kopierte Buck diese Leistung und stahl ein ganzes Stück. Großer Tumult brach aus, doch er wurde nicht verdächtigt; Dub aber, ein dämlicher Trottel, der sich stets erwischen ließ, wurde für Bucks Vergehen bestraft.

Dieser erste Diebstahl Bucks zeigte, wie fähig er war, sich in der feindlichen Umgebung des Nordlandes zurechtzufinden und zu überleben. Er konnte sich auf veränderte Bedingungen einstellen, sonst hätte er einen schnellen und schrecklichen Tod erlitten. Es zeigte sich auch, das Verfallen oder Entschwinden eines Teils seiner moralischen Natur, die hier nur nutzlos und hinderlich im rücksichtslosen Kampf um das Dasein war. Das war nur gut im Südland, das unter dem Gebot von Liebe und Gemeinschaft stand, wo Privateigentum und persönliche Gefühle geachtet wurden; im Nordland aber regierte das Recht von Knüppel und Zähnen, und wer sich solcher Dinge annahm, war ein Narr, denn sie zu beachten, würde ihm nicht geleingen.

Buck konnte das nicht bewusst empfinden. Er war fit, das war alles, und ganz unbewusst drehte er dem neuen Modus seines Lebens bei. In seinen früheren Tagen hätte er nie, egal aus welchen Gründen, vor einem Kampf gescheut. Doch der Knüppel des Mannes im roten Pullover hatte in ihm einen grundständigen und einfachen Code eingebläut. Zivilisiert konnte er für eine gute Sache sterben, zum Beispiel für die Verteidigung von Richter Millers Reitpeitsche; doch seine Entzivilisierung bewies er durch seine Fähigkeit, die Verteidigung einer guten Sache zu meiden und seine ei-

his hide. He did not steal for joy of it, but because of the clamor of his stomach. He did not rob openly, but stole secretly and cunningly, out of respect for club and fang. In short, the things he did were done because it was easier to do them than not to do them.

His development (or retrogression) was rapid. His muscles became hard as iron, and he grew callous to all ordinary pain. He achieved an internal as well as external economy. He could eat anything, no matter how loathsome or indigestible; and, once eaten, the juices of his stomach extracted the last least particle of nutriment; and his blood carried it to the farthest reaches of his body, building it into the toughest and stoutest of tissues. Sight and scent became remarkably keen, while his hearing developed such acuteness that in his sleep he heard the faintest sound and knew whether it heralded peace or peril. He learned to bite the ice out with his teeth when it collected between his toes; and when he was thirsty and there was a thick scum of ice over the water hole, he would break it by rearing and striking it with stiff fore legs. His most conspicuous trait was an ability to scent the wind and forecast it a night in advance. No matter how breathless the air when he dug his nest by tree or bank, the wind that later blew inevitably found him to leeward, sheltered and snug.

And not only did he learn by experience, but instincts long dead became alive again. The domesticated generations fell from him. In vague ways he remembered back to the youth of the breed, to the time the wild dogs ranged in packs through the primeval forest and killed their meat as they ran it down. It was no task for him to learn to fight with cut and slash and the quick wolf snap. In this manner had fought forgotten

gene Haut zu retten. Er stahl nicht aus Freude an der Sache, sondern wegen des Grollens in seinem Magen. Er raubte nicht offen, sondern stahl listig und leise aus Respekt vor Knüppel und Zähnen. Kurz gesagt, es war einfacher, die Dinge die er tat, zu tun, als sie nicht zu tun.

Seine Entwicklung (vielmehr seine Rückentwicklung) ging rapide voran. Seine Muskeln wurden hart wie Eisen, gewöhnliche Schmerzen rührten ihn kaum. Er entwickelte eine besondere Form von Effizienz. Er konnte alles fressen, egal wie widerlich und unverdaulich es war; war es einmal gefressen, brannten seine Magensäfte auch noch den letzten Partikel Nährwert heraus; und sein Blut trug es zu den entferntesten Regionen seines Körpers und baute die härtesten und stärksten Gewebe auf. Sein Blick und sein Geruch schärften sich bemerkenswert, während sein Gehör so fein wurde, dass er im Schlaf den leisesten Ton vernahm und wusste, ob er Friede oder Gefahr verkündet. Er lernte, sich das Eis zwischen den Zehen herauszubeißen, wenn es sich da festgesetzt hatte; und wenn er durstig war und eine dicke Schicht Eis das Wasserloch bedeckte, sprang er mit den Vorderbeinen darauf und schlug es, bis es brach. Seine außergewöhnlichste Fähigkeit aber war, den Wind zu wittern und für die Nacht vorauszusagen. Egal wie ruhig die Luft auch sein mochte, wenn er sein Lager unter Bäumen oder neben Flussbänken grub, fand ihn der Sturm, der sich unweigerlich später erhob, in einem sicheren Nest geschützt und geborgen liegen.

Nicht nur durch Erfahrungen lernte er, auch lange verdrängte Instinkte erwachten in ihm. Generationen gezähmter Haustiere fielen von ihm ab. Ganz von selbst erinnerte er sich an die Frühzeit seiner Rasse, an die Zeit der wilden Hunde, die in Rudeln den vorzeitlichen Wald durchstreiften und ihre Beute erlegten, nachdem sie sie gejagt hatten. Wie von selbst lernte er reißen und stoßen und in Wolfsart zuzuschnappen. Auf diese Weise hatten

ancestors. They quickened the old life within him, and the old tricks which they had stamped into the heredity of the breed were his tricks. They came to him without effort or discovery, as though they had been his always. And when, on the still cold nights, he pointed his nose at a star and howled long and wolf-like, it was his ancestors, dead and dust, pointing nose at star and howling down through the centuries and through him. And his cadences were their cadences, the cadences which voiced their woe and what to them was the meaning of the stiffness, and the cold, and dark.

Thus, as token of what a puppet thing life is, the ancient song surged through him and he came into his own again; and he came because men had found a yellow metal in the North, and because Manuel was a gardener's helper whose wages did not lap over the needs of his wife and divers small copies of himself.

CHAPTER 3

The Dominant Primordial Beast

The dominant primordial beast was strong in Buck, and under the fierce conditions of trail life it grew and grew. Yet it was a secret growth. His newborn cunning gave him poise and control. He was too busy adjusting himself to the new life to feel at ease, and not only did he not pick fights, but he avoided them whenever possible. A certain deliberateness characterized his attitude. He was not prone to rashness and precipitate action; and in the bitter hatred between him and Spitz he betrayed no impatience, shunned all offensive acts.

seine längst vergessenen Ahnen gekämpft. Nun rief er das
alte Leben in sich wach, und die alten Tricks, von den Vorfahren seiner Rasse ererbt, waren auch die seinen. Ganz
ohne Anstrengung und Erkentnis kam er zu ihnen, als wären sie immer seine gewesen. Und wenn er seine Schnauze in den kalten Nächten einem Stern zureckte und lang
und wölfisch heulte, waren es seine toten und zu Staub
gewordenen Ahnen, die ihre Schnauzen zu einem Stern
erhoben und durch die Jahrhunderte hindurch durch ihn
erklangen. Und sein Gesang war ihr Gesang, der Gesang,
der ihr Leid zum Ausdruck brachte, und was sie dachten
über Starre und Kälte und Dunkelheit.

Auf diese Weise tönte das uralte Lied durch ihn hindurch
wie durch eine Marionettenfigur, und so fand er zu sich
zurück; und er fand sich, weil Männer gelbes Metall im
Nordland gefunden hatten und weil Manuel, des Gärtners
Gehilfe, dessen Lohn nicht für die Bedürfnisse seiner Frau
und seiner Nachkommen reichte.

KAPITEL 3

Das Raubtier

Das Raubtier in Buck war stark geworden, und unter den
harten Bedingungen in dieser rauen Umwelt wurde es
stärker und stärker. Und doch war es noch ein heimliches
Wachsen. Seine neugeborene Klugheit verlieh ihm Halt
und Kontrolle. Doch war er sich nicht im Klaren darüber,
er war zu sehr damit beschäftigt, sich in den neuen Verhält-
nissen einzuleben, und er machte keine Kämpfe und ging
jeder Gelegenheit zu einem Kampf aus dem Wege, wann
immer es möglich war. Seine Haltung war von einer großen
Bedachtheit bestimmt. Er war wenig anfällig für verwege-
nes und überstürztes Handeln; und selbst in dem bitteren
Hass zwischen ihm und Spitz zeigte er Geduld und vermied
alle verfrühten Angriffe.

On the other hand, possibly because he divined in Buck a dangerous rival, Spitz never lost an opportunity of showing his teeth. He even went out of his way to bully Buck, striving constantly to start the fight, which could end only in the death of one or the other. Early in the trip this might have taken place had it not been for an unwonted accident.

At the end of this day they made a bleak and miserable camp on the shore of Lake Le Barge. Driving snow, a wind that cut like a white-hot knife, and darkness had forced them to grope for a camping place. They could hardly have fared worse. At their backs rose a perpendicular wall of rock, and Perrault and Francois were compelled to make their fire and spread their sleeping robes on the ice of the lake itself. The tent they had discarded at Dyea in order to travel light. A few sticks of driftwood furnished them with a fire that thawed down through the ice and left them to eat supper in the dark.

Close in under the sheltering rock Buck made his nest. So snug and warm was it, that he was loath to leave it when Francois distributed the fish which he had first thawed over the fire. But when Buck finished his ration and returned, he found his nest occupied. A warning snarl told him that the trespasser was Spitz. Till now Buck had avoided trouble with his enemy, but this was too much. The beast in him roared. He sprang upon Spitz with a fury, which surprised them both, and Spitz particularly, for his whole experience with Buck had gone to teach him that his rival was an unusually timid dog, who managed to hold his own only because of his great weight and size.

Auf der anderen Seite, vielleicht weil er in Buck einen gefährlichen Rivalen erkannte, verlor Spitz kaum eine Gelegenheit, seine Zähne zu zeigen. Sogar auf dem Weg schikanierte er Buck, ständig darauf bedacht, den entscheidenden Kampf zu beginnen, der nur mit dem Tod des einen oder anderen enden konnte. Dies hätte schon früh auf der Reise geschehen können, hätte dies nicht ein ungewöhnlicher Vorfall verhindert.

Am Abend dieses Tages schlugen sie ein trostloses und elendes Lager am Ufer des Le-Barge-Sees auf. Schneetreiben, ein Wind, der wie ein weiß glühendes Messer schnitt, und die Dunkelheit hatten sie zu diesem Lagerplatz gezwungen. Es konnte ihnen kaum schlimmer ergangen sein. In ihrem Rücken stieg senkrecht eine Felswand auf, und Perrault und François waren gezwungen, ihr Feuer auf dem vereisten See zu machen und dort ihre Schlafsäcke auszubreiteten. Ihr Zelt hatten sie in Dyea zurückgelassen, um leicht zu reisen. Sie warfen ein paar Stöcke Treibholz auf ihr bescheidenes Feuer, das sich in das Eis grub und erlöschte, als sie ihr karges Abendmahl im Dunkeln einnahmen.

Nahe dem schützenden Fels hatte Buck sein Nest gegraben. Es war so gemütlich und warm, dass er nur widerwillig aufstand, als François die am Feuer aufgetauten Fische verteilte. Doch als er seine Ration verschlungen hatte und zurückkehrte, war sein Nest besetzt. Ein warnendes Knurren zeigte ihm an, dass Spitz der Eindringling war. Bis dahin hatte Buck die Konfrontation mit seinem Feind vermieden, das aber war zu viel. Das Raubtier in ihm begehrte auf. Er sprang mit einer Wut auf Spitz zu, die sie beide überraschte, Spitz besonders, denn seine Erfahrungen mit Buck lehrten ihm bisher, dass sein Rivale eher ein ungewöhnlich ängstlicher Hund war, der sich nur durch seine Größe und sein Gewicht behaupten konnte.

Francois was surprised, too, when they shot out in a tangle from the disrupted nest and he divined the cause of the trouble. „A-a-ah!" he cried to Buck. „Gif it to heem, by Gar! Gif it to heem, the dirty t'eef!"

Spitz was equally willing. He was crying with sheer rage and eagerness as he circled back and forth for a chance to spring in. Buck was no less eager, and no less cautious, as he likewise circled back and forth for the advantage. But it was then that the unexpected happened, the thing which projected their struggle for supremacy far into the future, past many a weary mile of trail and toil.

An oath from Perrault, the resounding impact of a club upon a bony frame, and a shrill yelp of pain, heralded the breaking forth of pandemonium. The camp was suddenly discovered to be alive with skulking furry forms, — starving huskies, four or five score of them, who had scented the camp from some Indian village. They had crept in while Buck and Spitz were fighting, and when the two men sprang among them with stout clubs they showed their teeth and fought back. They were crazed by the smell of the food. Perrault found one with head buried in the grub-box. His club landed heavily on the gaunt ribs, and the grub-box was capsized on the ground. On the instant a score of the famished brutes were scrambling for the bread and bacon. The clubs fell upon them unheeded. They yelped and howled under the rain of blows, but struggled nonetheless madly till the last crumb had been devoured.

In the meantime the astonished team-dogs had burst out of their nests only to be set upon by the fierce invaders. Never had Buck seen such dogs. It seemed as though their bones would burst through their skins.

Auch François war überrascht, als sie in einem Knäuel aus dem zerstörten Nest herausschossen, und er erriet den Grund des Kampfes. »Ja, ja, ja!«, rief er Buck zu. »Gib's ihm, verdammig! Gib's ihm, dem schmutzigen Dieb!«

Spitz war bereit. Er heulte vor blanker Wut und Begierde, sprang hin und her und suchte nach einer Chance zuzuschlagen. Doch Buck war genauso eifrig und ebenso vorsichtig, während er, um einen Vorteil bedacht, auf und ab zirkelte. Da aber passierte das Unerwartete, das ihren Kampf um die Vorherrschaft weit in die Zukunft, nach vielen erschöpfenden Meilen und Mühen, verschieben sollte.

Ein Aufschrei Perraults, ein krachender Hieb eines Knüppels auf ein Knochengerüst und ein schriller Schrei des Schmerzes, dies alles läutete den Ansturm einer Schar von Dämonen ein. Im Lager wimmelte es plötzlich vor streunenden, pelzigen Leibern – halb verhungerte Huskys, die das Lager von einem Indianerdorf aus gewittert hatten. Sie hatten sich angeschlichen, während Buck und Spitz kämpften, und als die beiden Männer mit ihren dicken Knüppeln unter sie sprangen, zeigten sie ihre Zähne und wehrten sich. Der Geruch des Essens hatte sie verrückt gemacht. Perrault fand einen von ihnen mit dem Kopf in der Vorratskiste. Sein Knüppel schlug schwer auf seine hageren Rippen ein, und die Kiste stürzte auf dem Boden um. Augenblicklich sprang eine Zahl der ausgehungerten Bestien auf Brot und Speck zu. Die Knüppel prasselten auf sie nieder. Unter dem Regen der Schläge jaulten und heulten sie auf, gaben aber ihren Platz erst wieder preis, als auch der letzte Krumen verschlungen war.

In der Zwischenzeit waren die überraschten Schlittenhunde aus ihren Nester hervorgesprungen und stürzten auf die dämonischen Eindringlinge zu. Buck hatte nie zuvor solche Hunde gesehen. Es schien, als würden ihre Knochen durch

They were mere skeletons, draped loosely in draggled hides, with blazing eyes and slavered fangs. But the hunger-madness made them terrifying, irresistible. There was no opposing them. The team-dogs were swept back against the cliff at the first onset. Buck was beset by three huskies, and in a trice his head and shoulders were ripped and slashed. The din was frightful. Billee was crying as usual. Dave and Solleks, dripping blood from a score of wounds, were fighting bravely side by side. Joe was snapping like a demon. Once, his teeth closed on the fore leg of a husky, and he crunched down through the bone. Pike, the malingerer, leaped upon the crippled animal, breaking its neck with a quick flash of teeth and a jerk; Buck got a frothing adversary by the throat, and was sprayed with blood when his teeth sank through the jugular. The warm taste of it in his mouth goaded him to greater fierceness. He flung himself upon another, and at the same time felt teeth sink into his own throat. It was Spitz, treacherously attacking from the side.

Perrault and Francois, having cleaned out their part of the camp, hurried to save their sled dogs. The wild wave of famished beasts rolled back before them, and Buck shook himself free. But it was only for a moment. The two men were compelled to run back to save the grub, upon which the huskies returned to the attack on the team. Billee, terrified into bravery, sprang through the savage circle and fled away over the ice. Pike and Dub followed on his heels, with the rest of the team behind. As Buck drew himself together to spring after them, out of the tail of his eye he saw Spitz rush upon him with the evident inten-

ihre Haut platzen. Sie waren bloße Skelette, über die man schmutzige Häute geworfen hatte, mit brennenden Augen und Reißzähnen, von denen Geifer tropfte. Ihr Wahnsinnshunger machte sie schrecklich und unantastbar. Man konnte ihnen kaum Widerstand leisten. Bei ihrem ersten Ansturm wurden die Schlittenhunde zum Felshang zurückgedrängt. Buck hatte gegen drei Huskys zu kämpfen, und im Nu waren sein Kopf und seine Schulter zerrissen und aufgeschlitzt. Der Lärm war barbarisch. Billie schrie wie gewöhnlich auf. Dave und Sol-leks tropfte Blut aus unzähligen Wunden, während sie tapfer nebeneinander weiterkämpften. Joe biss wie ein Teufel um sich. Einmal schlossen sich seine Zähne um das Vorderbein eines Huskys, bis es knirschte und der Knochen brach. Pike, der Simulant, sprang auf das verkrüppelte Tier zu und brach ihm mit einem blitzschnellen Biss und einem Rucken das Genick; Buck warf sich einem Gegner an die Kehle, und Blut spritzte, als er seine Zähne in die Gurgel grub. Der Geschmack warmen Blutes in seinem Maul stachelte ihn zu noch größerer Wildheit an. Er warf sich auf einen anderen, während er zugleich bemerkte, wie sich Zähne an seiner Kehle zu schaffen machten. Es war Spitz, der heimtückisch von der Seite angriff.

Perrault und François eilten ihren Schlittenhunden zu Hilfe, nachdem sie ihren Teil des Lagers bereinigt hatten. Die wilde Woge der ausgehungerten Tiere rollte vor ihnen zurück, und Buck konnte sich befreien. Doch nur für einen Moment war es. Denn die beiden Männer mussten zurücklaufen, die Huskys hatten sich auf die Vorräte für das Gespann gestürzt. Billie sprang voller Angst durch den wilden Kreis und floh auf das Eis. Pike und Dub folgten ihm auf den Fersen, der Rest des Gespanns lief hinter ihnen her. Als Buck ihnen nachsetzen wollte, bemerkte er im Augenwinkel, wie Spitz auf ihn loshetzte mit der offensichtlichen Absicht, ihn umzuwerfen. Einmal von den

tion of overthrowing him. Once off his feet and under that mass of huskies, there was no hope for him. But he braced himself to the shock of Spitz's charge, then joined the flight out on the lake.

Later, the nine team-dogs gathered together and sought shelter in the forest. Though unpursued, they were in a sorry plight. There was not one who was not wounded in four or five places, while some were wounded grievously. Dub was badly injured in a hind leg; Dolly, the last husky added to the team at Dyea, had a badly torn throat; Joe had lost an eye; while Billee, the good-natured, with an ear chewed and rent to ribbons, cried and whimpered throughout the night.

At daybreak they limped warily back to camp, to find the marauders gone and the two men in bad tempers. Fully half their grub supply was gone. The huskies had chewed through the sled lashings and canvas coverings. In fact, nothing, no matter how remotely eatable, had escaped them. They had eaten a pair of Perrault's moose-hide moccasins, chunks out of the leather traces, and even two feet of lash from the end of Francois's whip. He broke from a mournful contemplation of it to look over his wounded dogs.

„Ah, my frien's," he said softly, „mebbe it mek you mad dog, dose many bites. Mebbe all mad dog, sacre-dam! Wot you t'ink, eh, Perrault?"

The courier shook his head dubiously. With four hundred miles of trail still between him and Dawson, he could ill afford to have madness break out among his dogs. Two hours of cursing and exertion got the harnesses into shape, and the wound-stiffened team was under way, struggling painfully over

Beinen geworfen, gab es unter dieser Masse von Huskys keine Hoffnung mehr für ihn. Doch Buck wehrte den Stoß von Spitz ab und und floh auf den See.

Später sammelten sich die neun Gespannhunde und suchten Schutz im Wald. Obwohl nicht verfolgt worden, waren sie in einer traurigen Lage. Es gab keinen unter ihnen, der nicht an vier oder fünf Stellen verwundet war, einige waren schwer verletzt. Dub war an einem Hinterbein schwer gezeichnet; Dolly, die in Dyea als Letzte zum Gespann hinzugestoßen war, hatte eine übel aufgerissene Kehle; Joe hatte ein Auge verloren; während der gutmütige Billie, dessen Ohr in Bänder zerrissen wurde, die ganze Nacht hindurch schrie und wimmerte.

Bei Tagesanbruch humpelten sie argwöhnisch zum Lager zurück, die Plünderer waren auf und davon und die beiden Männer in übler Laune. Eine ganze Hälfte ihrer Vorräte war verschwunden. Die Huskys hatten die Stränge und die Abdeckplane des Schlittens zerbissen. Genaugenommen war ihnen nichts entkommen, egal wie ungenießbar es auch war. Sogar ein Paar Elchhautmokassins von Perrault hatten sie gefressen, Stücke aus dem ledernen Geschirr und sogar zwei Fuß lange Stiemen von François' Peitsche. Dieser erwachte aus einer traurigen Nachdenklichkeit, um sich nach seinen verwundeten Hunden umzusehen.

»Ach, meine Freunde«, sagte er leise, »vielleicht war'n 's tollwütige Bestien, diese viel'n Bisse. Vielleicht ihr alle die Tollwut kriegt. Verdammig! Was denkste, ey, Perrault?«

Voller Zweifel schüttelte der Kurier seinen Kopf. Eine vierhundert Meilen lange Reise lag zwischen ihm und Dawson, er konnte es sich kaum leisten, wenn unter seinen Hunden der Wahnsinn ausbräche. Nach zwei Stunden voller Flüche und Anstrengung waren die Gurte repariert und das von Wunden übersäte Gespann fort, mit Schmerzen ringend

the hardest part of the trail they had yet encountered, and for that matter, the hardest between them and Dawson.

The Thirty Mile River was wide open. Its wild water defied the frost, and it was in the eddies only and in the quiet places that the ice held at all. Six days of exhausting toil were required to cover those thirty terrible miles. And terrible they were, for every foot of them was accomplished at the risk of life to dog and man. A dozen times, Perrault, nosing the way broke through the ice bridges, being saved by the long pole he carried, which he so held that it fell each time across the hole made by his body. But a cold snap was on, the thermometer registering fifty below zero, and each time he broke through he was compelled for very life to build a fire and dry his garments.

Nothing daunted him. It was because nothing daunted him that he had been chosen for government courier. He took all manner of risks, resolutely thrusting his little weazened face into the frost and struggling on from dim dawn to dark. He skirted the frowning shores on rim ice that bent and crackled under foot and upon which they dared not halt. Once, the sled broke through, with Dave and Buck, and they were half-frozen and all but drowned by the time they were dragged out. The usual fire was necessary to save them. They were coated solidly with ice, and the two men kept them on the run around the fire, sweating and thawing, so close that they were singed by the flames.

At another time Spitz went through, dragging the whole team after him up to Buck, who strained backward with all his strength, his fore paws on the

auf dem härtesten Teil ihrer Strecke, dem sie bisher begegnete waren, und in ihrem Fall dem härtesten zwischen ihnen und Dawson.

Der Dreißig-Meilen-Fluss war weithin offen. Die wilden Wasser trotzten dem Frost und nur bei den Wirbeln und an einigen ruhigeren Stellen hielt sich das Eis. Sechs Tage erschöpfender Arbeit waren erforderlich, um diese schrecklichen dreißig Meilen hinter sich zu bringen. So schrecklich waren sie, dass jeder einzelne Tritt über Leben und Tod von Hunden und Menschen entscheiden konnte. Während Perrault den Weg auskundschaftete, brach er ein Dutzend Mal durch das dünne Eis, nur eine lange Stange verhinderte sein Versinken, die er jedes Mal so hielt, dass er seinen Körper über dem Wasser halten konnte. Bald schon brach klirrende Kälte ein, das Thermometer zeigte fast fünfzig Grad unter null an, und jedes Mal, wenn Perrault einbrach, war er gezwungen, ein Feuer zu machen und seine Kleider zu trocknen, um am Leben zu bleiben.

Nichts konnte ihn entmutigen. Gerade weil ihn nichts so leicht erschütterte, hatte ihn ja die Regierung als Kurier auserkoren. Er nahm alle Risiken auf sich, entschlossen streckte er sein kleines, verhutzeltes Gesicht dem Frost entgegen und kämpfte vom trüben Morgengrauen bis in die dunkle Nacht hinein. Er führte sie auf dem Randeis am Ufer entlang, das unter den Füßen knirschte und knackte, und dennoch wagten sie nicht anzuhalten. Einmal aber brach der Schlitten samt Dave und Buck ein, und sie waren halb erfroren und fast ertrunken, als sie herausgezogen wurden. Ein Feuer wurde wie gewöhnlich entfacht, um sie zu retten. Sie waren von einer dicken Eisschicht überzogen, und die beiden Männer scheuchten sie so nahe um das Feuer herum, dass sie schwitzten und wieder auftauten und von den Flammen halb versengt wurde. Ein anderes Mal brach Spitz durch und zog das ganze Gespann bis zu Buck nach, der sich mit aller Kraft mit seinen

slippery edge and the ice quivering and snapping all around. But behind him was Dave, likewise straining backward, and behind the sled was Francois, pulling till his tendons cracked.

Again, the rim ice broke away before and behind, and there was no escape except up the cliff. Perrault scaled it by a miracle, while Francois prayed for just that miracle; and with every thong and sled lashing and the last bit of harness rove into a long rope, the dogs were hoisted, one by one, to the cliff crest. Francois came up last, after the sled and load. Then came the search for a place to descend, which descent was ultimately made by the aid of the rope, and night found them back on the river with a quarter of a mile to the day's credit.

By the time they made the Hootalinqua and good ice, Buck was played out. The rest of the dogs were in like condition; but Perrault, to make up lost time, pushed them late and early. The first day they covered thirty-five miles to the Big Salmon; the next day thirty-five more to the Little Salmon; the third day forty miles, which brought them well up toward the Five Fingers.

Buck's feet were not so compact and hard as the feet of the huskies. His had softened during the many generations since the day his last wild ancestor was tamed by a cave-dweller or river man. All day long he limped in agony, and camp once made, lay down like a dead dog. Hungry as he was, he would not move to receive his ration of fish, which Francois had to bring to him. Also, the dog-driver rubbed Buck's feet for half an hour each night after supper, and sacrificed the tops of his own moccasins to make four moccasins for Buck. This was a great relief, and

Vorderpfoten auf den glatten Rand des Eises stemmte, das knackte und rundherum brach. Hinter ihm war noch Dave, der sich ebenso wehrte, und François zog hinter dem Schlitten, bis seine Glieder krachten.

Wieder ein anderes Mal brach das Randeis vor und hinter ihnen, und es gab keine Flucht, nur auf die Klippe. Als hätte er um ein Wunder gebetet, schaffte es Perrault hinüber; und mit jedem Riemen und der Schlittenpeitsche und dem letzten Stück des Geschirrs wurde ein langes Seil zusammengeknotet und ein Hund nach dem anderen auf die Klippe gezogen. Nach dem Schlitten und dem Gepäck kam zuletzt François. Dann suchten sie nach einer geeigneten Stelle für den Abstieg, der im Grunde nur mithilfe eines Seiles gelang, und erst in der Nacht fanden sie zum Fluss zurück, nach gerade einmal einer Viertelmeile an diesem Tage.

Mit der Zeit erreichten sie den Hootalinqua mit seinem dicken Eis, Buck war vollkommen erschöpft. Den anderen Hunden erging es kaum anders; um die verlorene Zeit aufzuholen, trieb Perrault sie aber weiter von früh bis spät. Am ersten Tag legten sie fünfunddreißig Meilen bis zum Großen Salmon See zurück; am nächsten Tag weitere fünfunddreißig Meilen zum Kleinen Salmon; am dritten Tag vierzig Meilen, die sie zum Fünf-Finger-Gebirge brachten.

Bucks Füße waren nicht so robust und hart wie die der Huskys. Sie waren verweichlicht worden über unzählige Generationen hinweg, nachdem seine wilden Vorfahren von Höhlen- oder Flussmenschen gezähmt worden waren. Den ganzen Tag lang hinkte er in rasenden Schmerzen, und wenn sie das Lager aufschlungen, fiel er wie ein toter Hund um. So hungrig wie er war, rührte er sich nicht mehr vom Fleck zu seiner Fischration, die ihm François bringen musste. Der Hundeführer rieb jeden Abend nach dem Essen eine halbe Stunde lang seine Füße und opferte sogar Stücke seiner Mokassins, um vier Schuhe für Buck daraus zu ma-

Buck caused even the weazened face of Perrault to twist itself into a grin one morning, when Francois forgot the moccasins and Buck lay on his back, his four feet waving appealingly in the air, and refused to budge without them. Later his feet grew hard to the trail, and the worn-out footgear was thrown away.

At the Pelly one morning, as they were harnessing up, Dolly, who had never been conspicuous for anything, went suddenly mad. She announced her condition by a long, heartbreaking wolf howl that sent every dog bristling with fear, then sprang straight for Buck. He had never seen a dog go mad, nor did he have any reason to fear madness; yet he knew that here was horror, and fled away from it in a panic. Straight away he raced, with Dolly, panting and frothing, one leap behind; nor could she gain on him, so great was his terror, nor could he leave her, so great was her madness. He plunged through the wooded breast of the island, flew down to the lower end, crossed a back channel filled with rough ice to another island, gained a third island, curved back to the main river, and in desperation started to cross it. And all the time, though he did not look, he could hear her snarling just one leap behind. Francois called to him a quarter of a mile away and he doubled back, still one leap ahead, gasping painfully for air and putting all his faith in that Francois would save him. The dog-driver held the axe poised in his hand, and as Buck shot past him the axe crashed down upon mad Dolly's head.

chen. Das war eine große Erleichterung, und eines Morgens brachte Buck Perrault sogar dazu, sein verhutzeltes Gesicht zu einem Grinsen zu verziehen, als François die Schuhe vergaß und Buck sich auf den Rücken schmiss, mit seinen vier Pfoten flehend in der Luft ruderte und sich weigerte, nicht ohne die Schuhe weiterzugehen. Doch bald schon wurden seine Pfoten robuster für die Strecke und das abgewetzte Schuhwerk wurden weggeschmissen.

Eines Morgens am Fluss Pelly, als sie gerade angeschirrt werden sollten, wurde Dolly, die nie wegen irgendetwas aufgefallen war, ganz plötzlich verrückt. Ihr Zustand kündigte sich durch ein lang gezogenes, herzzerreißendes Wolfsheulen an, das auch den letzten Hund mit Furcht erfüllt hätte, und sprang geradewegs auf Buck zu. Buck hatte noch nie einen tollwütigen Hund gesehen, noch hatte er einen Grund, Wahnsinn zu fürchten; doch er wusste, dass der blanke Horror auf ihn zurollte, und voller Panik nahm er Reißaus. Schnurstracks raste er fort und Dolly, keuchend und schäumend, raste hinter ihm her; sie konnte ihn weder erreichen, so groß war seine Furcht, noch konnte er ihr entkommen, so groß war ihr Wahnsinn. Er stürzte durch den bewaldeten Teil einer Flussinsel, flog hinunter zu ihrem unteren Ende, überquerte einen von rauem Eis bedeckten Flussarm auf eine andere Insel, erreichte eine dritte Insel, bog zum Hauptarm des Flusses ab und begann voller Verzweiflung, ihn zu überqueren. Obwohl er nichts sehen konnte, hörte er nur einen Sprung hinter sich die ganze Zeit ihr Knurren. François rief ihn nach einer Viertelmeile zu sich und er verdoppelte er sein Tempo auf dem Weg zurück, immer nur einen Sprung voraus, schmerzlich nach Luft ringend und sein ganzes Vertrauen in diesen François setzend, der ihn retten würde. Der Schlittenführer reckte eine Axt in die Höhe und als Buck an ihm vorbeischoss, stürzte die Axt auf Dollys Schädel nieder.

Buck staggered over against the sled, exhausted, sobbing for breath, helpless. This was Spitz's opportunity. He sprang upon Buck, and twice his teeth sank into his unresisting foe and ripped and tore the flesh to the bone. Then Francois's lash descended, and Buck had the satisfaction of watching Spitz receive the worst whipping as yet administered to any of the teams.

„One devil, dat Spitz," remarked Perrault. „Some dam day heem keel dat Buck."
„Dat Buck two devils," was Francois's rejoinder. „All de tam I watch dat Buck I know for sure. Lissen: some dam fine day heem get mad lak hell an' den heem chew dat Spitz all up an' spit heem out on de snow. Sure. I know."
From then on it was war between them. Spitz, as lead-dog and acknowledged master of the team, felt his supremacy threatened by this strange Southland dog. And strange Buck was to him, for of the many Southland dogs he had known, not one had shown up worthily in camp and on trail. They were all too soft, dying under the toil, the frost, and starvation. Buck was the exception. He alone endured and prospered, matching the husky in strength, savagery, and cunning. Then he was a masterful dog, and what made him dangerous was the fact that the club of the man in the red sweater had knocked all blind pluck and rashness out of his desire for mastery. He was pre-eminently cunning, and could bide his time with a patience that was nothing less than primitive.
It was inevitable that the clash for leadership should come. Buck wanted it. He wanted it because it was his nature, because he had been gripped tight by that nameless, incomprehensible pride of the trail and trace

Wankend ließ Buck sich neben dem Schlitten fallen, erschöpft, hilf- und atemlos. Das war Spitz' Gelegenheit. Er sprang auf Buck zu, ließ zwei Mal seine Zähne in seinen widerstandslosen Feind sinken und riss das Fleisch bis auf die Knochen auf. Doch schon schlug François' Peitsche nieder, und zu seiner Genugtuung erlebte Buck, wie Spitz die schlimmste Prügel strafte, die je ein Hund des Gespanns erhalten hatte.

»Ein Teufel, dieser Spitz«, bemerkte Perrault. »Eines verdammten Tages wird er Buck noch umbringen.«

»Diesa Buck zwei Teufel hat«, erwiderte François. »Die ganze Zeit schon ich beobachte diesn Buck. Ich weiß sicha, hörste! An'nem verdammt schön Tag wird er verrückt wie Hölle und dann wird er diesn Spitz fressen und auf'n Schnee spucken. Sicher! Ich weiß das!«

Von da an war Krieg zwischen ihnen. Spitz fühlte sich als Leithund und anerkannter Meister des Gespanns von diesem seltsamen Südlandhund bedroht. Und dieser Buck erschien ihm seltsam, denn alle Südländer, die er bisher kennengelernt hatte, hatten sich als unfähig im Lager und auf dem Track erwiesen. Sie waren zu schwach, starben unter all der Mühsal, dem Frost und dem Hunger. Doch Buck war eine Ausnahme. Er allein hielt aus und gedieh, den Huskys in Kraft, Wildheit und List ebenbürtig. Er war ein prachtvoller Hund, und was ihn gefährlich machte, war, dass ihm der Schläger des Kerls im roten Pullover allen blinden Mut und blinde Verwegenheit aus dem Wunsch nach Vorherrschaft geprügelt hatte. Er war äußerst verschlagen und konnte mit Geduld auf seine Zeit warten, was ihn mehr als primitiv erscheinen ließ.

Unvermeidlich musste der Kampf um die Vorherrschaft kommen. Buck wollte es. Er wollte es, weil es in seiner Natur lag, weil ihn auf der Reise dieser namenlose, unbeschreibliche Stolz ergriffen hatten – der Stolz, der die Hun-

— that pride which holds dogs in the toil to the last gasp, which lures them to die joyfully in the harness, and breaks their hearts if they are cut out of the harness. This was the pride of Dave as wheel-dog, of Sol-leks as he pulled with all his strength; the pride that laid hold of them at break of camp, transforming them from sour and sullen brutes into straining, eager, ambitious creatures; the pride that spurred them on all day and dropped them at pitch of camp at night, letting them fall back into gloomy unrest and uncontent. This was the pride that bore up Spitz and made him thrash the sled dogs who blundered and shirked in the traces or hid away at harness-up time in the morning. Likewise it was this pride that made him fear Buck as a possible lead-dog. And this was Buck's pride, too.

He openly threatened the other's leadership. He came between him and the shirks he should have punished. And he did it deliberately. One night there was a heavy snowfall, and in the morning Pike, the malingerer, did not appear. He was securely hidden in his nest under a foot of snow. Francois called him and sought him in vain. Spitz was wild with wrath. He raged through the camp, smelling and digging in every likely place, snarling so frightfully that Pike heard and shivered in his hiding-place.

But when he was at last unearthed, and Spitz flew at him to punish him, Buck flew, with equal rage, in between. So unexpected was it, and so shrewdly managed, that Spitz was hurled backward and off his feet. Pike, who had been trembling abjectly, took heart at this open mutiny, and sprang upon his overthrown leader. Buck, to whom fair play was a forgotten code, likewise sprang upon Spitz. But Francois, chuckling at the incident while unswerving in the administration of

de bei der Arbeit bis zum letzten Atemzug bei Laune hält, der sie mit Freude in den Gurten verrecken lässt und ihnen das Herz bricht, wenn sie aus dem Geschirr erlöst werden. Dies war der Stolz Daves als Steuerhund, der Sol-leks, der ihn mit aller Kraft ziehen ließ; der Stolz, der die griesgrämigen und mürrischen Tiere beim Abbruch des Lagers in kraftstrotzende, eifrige und ehrgeizige Kreaturen verwandelte; der Stolz, der sie den ganzen Tag über anspornte und erst nachts im Lager nachließ, wobei sie in düsterer Unruhe und Unzufriedenheit versanken. Das war auch der Stolz von Spitz, der ihn rasend machte, wenn die Schlittenhunde aus der Spur kamen oder sich beim Anspannen am Morgen versteckt hielten. Eben dieser Stolz war es, der ihn Buck als möglichen Leithund fürchten ließ. Und es war der Stolz auch von Buck.

Der lehnte sich nun offen gegen die Herrschaft des anderen auf. Er trat zwischen ihn und die, die bestraft werden sollten. Und er tat es mit voller Absicht. Eines Nachts schneite es heftig und am Morgen war Pike, der Simulant, nicht erschienen. Er hielt sich in seinem Nest unter einem Berg von Schnee verborgen. François rief und suchte ihn vergebens. Spitz wurde wild vor Zorn. Er tobte durch das Lager, schnüffelte und grub an jeder verdächtigen Stelle, dabei knurrte er so fürchterlich, dass Pike, als er ihn hörte, in seinem Versteck zu zittern begann.

Als er endlich gefunden wurde und Spitz auf ihn zusprang, um ihn zu strafen, flog Buck mit gleicher Wut dazwischen. So unerwartet war es und so klug bedacht, dass Spitz das Gleichgewicht verlor und von den Füßen geschleudert wurde. Pike, der die Strafe unterwürfig zittern erwartet hatte, sprang, von dieser offenen Meuterei ermuntert, auf den gestürzten Leithund zu. Buck, für den Fairness eine längst vergessene Sache war, stürzte sich ebenfalls auf Spitz. François lachte über den Vorfall, während er mit unerschütterlicher

justice, brought his lash down upon Buck with all his might. This failed to drive Buck from his prostrate rival, and the butt of the whip was brought into play. Half-stunned by the blow, Buck was knocked backward and the lash laid upon him again and again, while Spitz soundly punished the many times offending Pike.

In the days that followed, as Dawson grew closer and closer, Buck still continued to interfere between Spitz and the culprits; but he did it craftily, when Francois was not around, with the covert mutiny of Buck, a general insubordination sprang up and increased. Dave and Sol-leks were unaffected, but the rest of the team went from bad to worse. Things no longer went right. There was continual bickering and jangling. Trouble was always afoot, and at the bottom of it was Buck. He kept Francois busy, for the dog-driver was in constant apprehension of the life-and-death struggle between the two, which he knew, must take place sooner or later; and on more than one night the sounds of quarrelling and strife among the other dogs turned him out of his sleeping robe, fearful that Buck and Spitz were at it. But the opportunity did not present itself, and they pulled into Dawson one dreary afternoon with the great fight still to come. Here were many men, and countless dogs, and Buck found them all at work. It seemed the ordained order of things that dogs should work. All day they swung up and down the main street in long teams, and in the night their jingling bells still went by. They hauled cabin logs and fire-wood, freighted up to the mines, and did all manner of work that horses did in the Santa Clara Valley. Here and there Buck met Southland dogs, but in the main they were the wild wolf husky breed. Every night, regularly, at nine, at twelve, at three, they lifted

Gerechtigkeit und mit ganzer Kraft mit der Peitsche auf Buck einschlug. Dies hinderte den Hund, auf den hingestreckten Gegner zu fahren. Von den Schlägen, die auf ihn niederrasselten, war Buck schon halb betäubt und er suchte das Weite, während Spitz dem viel geschundenen Pike die wohlverdiente Strafe erteilte.

In den folgenden Tagen, während sie Dawson näher und näher kamen, fuhr Buck mit seiner Auflehnung gegen Spitz fort; doch er tat es mit List, wenn François es nicht merkte, und die versteckte Meuterei Bucks brachte eine allgemeine Unruhe in das Gespann, die sich vergrößerte. Nur Dave und Sol-leks blieben außen vor, die anderen Hunde wurden immer widerwilliger. Nichts funktionierte mehr. Ständig gab es Zank und Streit. Ärger folgte auf dem Fuß, und den Anlass dafür gab immer Buck. Das hielt François in ständiger Anspannung, für den Gespannführer war es eine Sache von Leben oder Tod zwischen den beiden, und er wusste, früher oder später musste es geschehen; und mehrmals in der Nacht trieben ihn die Geräusche von Zank und Streit unter den anderen Hunde aus dem Schlafsack, voller Angst, dass Buck und Spitz den Kampf austrügen.

Aber es hatte sich noch keine Gelegenheit dazu ergeben und so zogen sie eines trostlosen Nachmittags in Dawson ein, der große Kampf stand ihnen noch bevor. Hier gab es viele Männer und unzählige Hunde, und Buck fand sie alle bei der Arbeit. Es war die gewollte Ordnung der Dinge, dass Hunde arbeiten sollten. Den ganzen Tag lang schwangen sie in großen Gespannen die Straße auf und ab und in der Nacht bimmelten ihre Glöckchen immer noch. Sie zogen Balken und Brennholz zu den Minen und taten hier die gleiche Arbeit, die im Tal von Santa Clara von Pferden geleistet wurde. Vereinzelt entdeckte Buck Hunde aus dem Südland, die meisten aber waren wilde, wolfsähnliche Huskys. Regelmäßig in jeder Nacht begannen sie um neun, um zwölf und um drei Uhr

a nocturnal song, a weird and eerie chant, in which it was Buck's delight to join.

With the aurora borealis flaming coldly overhead, or the stars leaping in the frost dance, and the land numb and frozen under its pall of snow, this song of the huskies might have been the defiance of life, only it was pitched in minor key, with long-drawn wailings and half-sobs, and was more the pleading of life, the articulate travail of existence. It was an old song, old as the breed itself — one of the first songs of the younger world in a day when songs were sad. It was invested with the woe of unnumbered generations, this plaint by which Buck was so strangely stirred. When he moaned and sobbed, it was with the pain of living that was of old the pain of his wild fathers, and the fear and mystery of the cold and dark that was to them fear and mystery. And that he should be stirred by it marked the completeness with which he harked back through the ages of fire and roof to the raw beginnings of life in the howling ages.

Seven days from the time they pulled into Dawson, they dropped down the steep bank by the Barracks to the Yukon Trail, and pulled for Dyea and Salt Water. Perrault was carrying despatches if anything more urgent than those he had brought in; also, the travel pride had gripped him, and he purposed to make the record trip of the year. Several things favored him in this. The week's rest had recuperated the dogs and put them in thorough trim. The trail they had broken into the country was packed hard by later journeyers. And further, the police had arranged in two or three places deposits of grub for dog and man, and he was travelling light.

mit ihrem nächtlichen Lied, einem seltsamen und unheimlichen Gesang, in den Buck voller Freude einstimmte.

Unter dem kalt aufflammenden Nordlicht, während die Sterne im frostigen Tanz umhersprangen und das Land betäubt und vereist unter dem Schneeteppich verborgen lag, hätte dies ein Lied sein können über den Widerwillen des Lebens, wurde es nur in Moll angestimmt, mit lang gezogenem Wehklagen und halbem Schluchzen, oder es war die Beschwörung des Lebens, die ausgesprochene Qual der Existenz. Es war ein altes Lied, alt wie die Rasse selbst – eines der ersten Lieder der jüngeren Welt an einem Tag, als Lieder traurig waren. Es trug das Leid unzähliger Generationen, dieses Klagelied, von dem Buck so ergriffen war. Als er stöhnte und schluchzte, war es der Schmerz des Lebens, der der alte Schmerz seiner wilden Väter war, und die Angst und das Mysterium der Kälte und der Dunkelheit war auch die Angst und das Geheimnis von ihnen. Dass ihn das so mitnehmen sollte, zeigt die Vollständigkeit, mit der er zurück durch die Zeiten ging, von der Zeit von Haus und Feuer bis zu den rauen Anfängen des Lebens in der heulenden Zeit.

Sieben Tage nach ihrer Ankunft in Dawson fuhren sie den steilen Abhang an den Barracken zum Yukon Trail hinunter und zogen wieder in Richtung Dyea und dem Salzwasser. Perrault bekam Depeschen, die noch dringender waren als die Letzten; auch Ehrgeiz hatte ihn gepackt, und er nahm sich vor, die Rekordfahrt des Jahres zu meistern. Die Vorzeichen waren günstig. In der einwöchigen Rast hatten sich die Hunde prächtig erholt und waren in bester Verfassung. Die Spur, die sie ins Land gezogen hatten, wurde von den nachfolgenden Gespannen gefestigt. Und schließlich hatte die Polizei an zwei oder drei Stellen Versorgungsstützpunkte für Hund und Mensch errichtet und sie konnten mit leichtem Gepäck reisen.

They made Sixty Mile, which is a fifty-mile run, on the first day; and the second day saw them booming up the Yukon well on their way to Pelly. But such splendid running was achieved not without great trouble and vexation on the part of Francois. The insidious revolt led by Buck had destroyed the solidarity of the team. It no longer was as one dog leaping in the traces. The encouragement Buck gave the rebels led them into all kinds of petty misdemeanors. No more was Spitz a leader greatly to be feared. The old awe departed, and they grew equal to challenging his authority. Pike robbed him of half a fish one night, and gulped it down under the protection of Buck. Another night Dub and Joe fought Spitz and made him forego the punishment they deserved. And even Billee, the good-natured, was less good-natured, and whined not half so placatingly as in former days. Buck never came near Spitz without snarling and bristling menacingly. In fact, his conduct approached that of a bully, and he was given to swaggering up and down before Spitz's very nose.

The breaking down of discipline likewise affected the dogs in their relations with one another. They quarreled and bickered more than ever among themselves, till at times the camp was a howling bedlam. Dave and Sol-leks alone were unaltered, though they were made irritable by the unending squabbling. Francois swore strange barbarous oaths, and stamped the snow in futile rage, and tore his hair. His lash was always singing among the dogs, but it was of small avail. Directly his back was turned they were at it again. He backed up Spitz with his whip, while Buck backed up the remainder of the team. Francois knew he was behind all the trouble, and Buck knew he knew; but Buck

So machten sie am ersten Tag sechzig Meilen auf einer Fünf-
zigmeilenstrecke und am zweiten Tag sah man sie schon am
Yukon entlangziehen auf dem Weg zum Pelly. Aber dieser
herrliche Lauf war nur mit großer Mühe und viel Ärger für
François zu erreichen. Die geheime, von Buck angeführte
Revolte hatte den Gemeinschaftsgeist des Gespanns unter-
graben. Keiner der Hunde lief mehr einhellig in der Spur.
Die Ermutigung, die Buck den Rebellen gab, führte zu allen
möglichen kleinen Vergehen. Spitz war kein Führer mehr,
der gefürchtet werden musste. Ihre alte Ehrfurcht wich und
im gleichen Maße wuchs ihr Verlangen, seine Autorität he-
rauszufordern. Pike raubte ihm in der Nacht einen halben
Fisch und verschlang ihn unter dem Schutz von Buck. In
einer anderen Nacht wehrten sich Dub und Joe gegen Spitz
und brachten ihn dazu, auf ihre verdiente Bestrafung zu ver-
zichten. Und selbst Billie, der Gutmütige, war weniger gutmütig und jammerte nur halb so begütigend als in früheren
Tagen. Buck kam nie ohne Knurren und drohendem Fell-
sträuben in die Nähe von Spitz. In der Tat, sein Verhalten
näherte sich langsam dem eines Unruhestifters, und öfter
schwadronierte er vor der Nase von Spitz auf und ab.
Der Mangel an Disziplin betraf auch die Hunde in ihrer
Beziehung untereinander. Sie stritten und zankten sich
mehr denn je und im Lager brach bisweilen ein schreien-
des Durcheinander aus. Nur Dave und Sol-leks blieben
unverändert, obwohl sie die ewigen Streitereien reizbar gemacht hatten. François schwor seltsam barbarische Eide,
zerstampfte den Schnee in vergeblicher Wut und raufte sich
die Haare. Immer wieder sang seine Peitsche unter die Hunde, doch nur mit mäßigem Erfolg. Kaum kehrte er ihnen
den Rücken, lagen sie wieder im Streit. Er schützte Spitz mit
der Peitsche, während Buck den Rest des Gespanns schützte. François wusste genau, dass er hinter all dem steckte,
und Buck wusste, dass François es wusste; doch Buck war

was too clever ever again to be caught red-handed. He worked faithfully in the harness, for the toil had become a delight to him; yet it was a greater delight slyly to precipitate a fight amongst his mates and tangle the traces.

At the mouth of the Tahkeena, one night after supper, Dub turned up a snowshoe rabbit, blundered it, and missed. In a second the whole team was in full cry. A hundred yards away was a camp of the Northwest Police, with fifty dogs, huskies all, who joined the chase. The rabbit sped down the river, turned off into a small creek, up the frozen bed of which it held steadily. It ran lightly on the surface of the snow, while the dogs ploughed through by main strength. Buck led the pack, sixty strong, around bend after bend, but he could not gain. He laid down low to the race, whining eagerly, his splendid body flashing forward, leap by leap, in the wan white moonlight. And leap by leap, like some pale frost wraith, the snowshoe rabbit flashed on ahead.

All that stirring of old instincts which at stated periods drives men out from the sounding cities to forest and plain to kill things by chemically propelled leaden pellets, the blood lust, the joy to kill — all this was Buck's, only it was infinitely more intimate. He was ranging at the head of the pack, running the wild thing down, the living meat, to kill with his own teeth and wash his muzzle to the eyes in warm blood.

There is an ecstasy that marks the summit of life, and beyond which life cannot rise. And such is the paradox of living, this ecstasy comes when one is most alive, and it comes as a complete forgetfulness that one is alive. This ecstasy, this forgetfulness of living, comes to the artist, caught up and out of himself in

zu schlau und er ließ sich nicht auf frischer Tat ertappen. Im Gurtzeug arbeitete er treu ergeben, diese Arbeit war ihm zur Freude geworden; doch weitaus größer war seine versteckte Lust, einen Kampf unter seinen Gefährten auszulösen und die Leinen zu verheddern.

An der Mündung des Tahkeena, eines Abends nach dem Essen, scheuchte Dub einen Schneehasen auf, schlug nach ihm, aber verfehlte. Sofort machte sich das ganze Gespann mit Geschrei auf die Jagd. Etwa hundert Meter entfernt war ein Lager der Nordwestpolizei mit fünfzig Schlittenhunden, allesamt Huskies, die sich alle der Jagd anschlossen. Der Hase rannte den Fluss hinunter, bog zu einem kleinen Bach ein, auf dessen gefrorenem Bett er weitersauste. Er tänzelte leicht über die Oberfläche des Schnees, während die Hunde mit Kraft durch den Schnee pflügten. Buck führt das sechzig köpfige Pack Kurve um Kurve an, aber er gewann keinen Meter. Er machte sich für das Rennen lang, japste eifrig und sein gewaltiger Körper blitzte im fahlen, weißen Mondlicht vorwärts, Sprung für Sprung. Und Sprung für Sprung, wie ein fahles Schneegespenst, blitzte ihm der Schneehase voraus. All das Rühren alter Instinkte, die die Menschen in bestimmten Zeiten aus den lärmenden Städten in die Wälder zur Jagd treibt, wo sie mit Mordlust der Freude am Töten frönen – dieselbe Freude hatte auch Buck ergriffen, nur war sie ihm unendlich vertrauter. An der Spitze des Packs stürmte und hetzte er dem Wild hinterher, dieses lebende Fleisch, das er mit seinen eigenen Zähnen töten und sein Maul in seinem warmen Blut baden wollte.

Es gibt eine Ekstase, die den Gipfel des Lebens markiert, und darüber hinaus kann das Leben nicht höher steigen. Und so paradox ist das Leben, dass dieser Gipfel erreicht wird, wenn man am lebendigsten ist, und er tritt so in Erscheinung, dass man dabei völlig verdrängt, dass man lebt. Diese Ekstase, dieses Verdrängen des Lebens, kommt zum

a sheet of flame; it comes to the soldier, war-mad on a stricken field and refusing quarter; and it came to Buck, leading the pack, sounding the old wolf-cry, straining after the food that was alive and that fled swiftly before him through the moonlight. He was sounding the deeps of his nature, and of the parts of his nature that were deeper than he, going back into the womb of Time. He was mastered by the sheer surging of life, the tidal wave of being, the perfect joy of each separate muscle, joint, and sinew in that it was everything that was not death, that it was aglow and rampant, expressing itself in movement, flying exultantly under the stars and over the face of dead matter that did not move.

But Spitz, cold and calculating even in his supreme moods, left the pack and cut across a narrow neck of land where the creek made a long bend around. Buck did not know of this, and as he rounded the bend, the frost wraith of a rabbit still flitting before him, he saw another and larger frost wraith leap from the overhanging bank into the immediate path of the rabbit. It was Spitz. The rabbit could not turn, and as the white teeth broke its back in mid air it shrieked as loudly as a stricken man may shriek. At sound of this, the cry of Life plunging down from Life's apex in the grip of Death, the fall pack at Buck's heels raised a hell's chorus of delight.

Buck did not cry out. He did not check himself, but drove in upon Spitz, shoulder-to-shoulder, so hard that he missed the throat. They rolled over and over in the powdery snow. Spitz gained his feet almost as though he had not been overthrown, slashing Buck down the shoulder and leaping clear. Twice his teeth clipped together, like the steel jaws of a trap, as he

Künstler, entrückt und aus ihm selbst heraus wie ein Blatt aus der Flamme; sie kommt zu dem Soldaten, kriegerisch auf geschlagenem Feld in abgelegener Gegend; und sie kam zu Buck, das Rudel anführend, den alten Wolfsschrei heulend, direkt hinter der Beute, die lebendig war und die vor ihm durch das Mondlicht floh. Es erklangen die Tiefen seines Wesens und Teile dieses Wesens waren tiefer als er und reichten zurück in den Schoß der Zeit. Er wurde beherrscht von den Wogen des Lebens, der Flutwelle des Seins, der vollkommenen Freude jedes einzelnen Muskels, jedes Gelenks und jeder Sehne, in denen alles, das nicht tot war, erleuchtet und zügellos war und sich in Bewegung ausdrückte, in fliegendem Jubel unter den Sternen, und es flog über das Antlitz einer reglosen, toten Kulisse.

Spitz aber, der selbst in solch hochgestimmten Augenblicken kalt und berechnend blieb, verließ das Rudel und schnitt den Weg über ein schmales Landstück ab, wo der Bach einen großen Bogen machte. Buck bemerkte dies nicht, doch als er um den Bogen war, das weiße Gespenst von einem Hasen ihm voraus, sah er, wie ein anderes und weitaus größeres Gespenst sich vom höher gelegenen Ufer in den Weg des Hasen stürzte. Es war Spitz. Der Hase konnte nicht mehr wenden, und als die weißen Zähne sein Rückgrat in der Luft zerbrachen, kreischte er so laut wie ein totgeweihter Mensch. Bei diesem Aufschrei, dem Schrei des Lebens, das in seinem Höhepunkt vom Tod ergriffen wurde, hob das Pack hinter Buck zu einem höllischen Chor der Freude an.

Buck konnte nicht mitheulen. Er war außer sich und stürzte sich sogleich auf Spitz, Schulter an Schulter, so gewaltig, dass er seine Kehle verfehlte. Sie überschlugen sich im tiefen Pulverschnee. Spitz kam gleich wieder auf die Beine, als wäre er gar nicht gefallen, riss Buck die Schulter auf und sprang in Sicherheit. Zwei Mal schnappte er seine Zähnen zusammen wie die Stahlbügel einer Falle, ehe er, eines besseren Standes

backed away for better footing, with lean and lifting lips that writhed and snarled.

In a flash Buck knew it. The time had come. It was to the death. As they circled about, snarling, ears laid back, keenly watchful for the advantage, the scene came to Buck with a sense of familiarity. He seemed to remember it all, — the white woods, and earth, and moonlight, and the thrill of battle. Over the whiteness and silence brooded a ghostly calm. There was not the faintest whisper of air — nothing moved, not a leaf quivered, the visible breaths of the dogs rising slowly and lingering in the frosty air. They had made short work of the snowshoe rabbit, these dogs that were ill-tamed wolves; and they were now drawn up in an expectant circle. They, too, were silent, their eyes only gleaming and their breaths drifting slowly upward. To Buck it was nothing new or strange, this scene of old time. It was as though it had always been, the wonted way of things.

Spitz was a practised fighter. From Spitzbergen through the Arctic, and across Canada and the Barrens, he had held his own with all manner of dogs and achieved to mastery over them. Bitter rage was his, but never blind rage. In passion to rend and destroy, he never forgot that his enemy was in like passion to rend and destroy. He never rushed till he was prepared to receive a rush; never attacked till he had first defended that attack.

In vain Buck strove to sink his teeth in the neck of the big white dog. Wherever his fangs struck for the softer flesh, they were countered by the fangs of Spitz. Fang clashed fang, and lips were cut and bleeding, but Buck could not penetrate his enemy's guard. Then he warmed up and enveloped Spitz in a whirlwind of

wegen, zurückwich, die Lippen verzog und sich krümmte und fauchte.

Blitzschnell erkannte Buck es. Die Zeit war gekommen. Es ging um Tod oder Leben. Sie umkreisten sich knurrend, die Ohren angelegt, auf einen Vorteil lauernd, und Buck begegnete dieser Szene mit einem Gefühl von Vertrautheit. Er schien sich an alles zu erinnern – der schneeweiße Wald und der Boden und das Mondlicht und die wilde Kampfeslust. Über dieser Weiße und Stille brodelte eine gespenstige Ruhe. Absolute Stille lag in der Luft – nichts regte sich, kein Blatt zitterte, nur der Atem der Hunde stieg langsam auf und stand sichtbar in der eiskalten Luft. Die anderen Hunde, die im Grunde nur leicht gezähmte Wölfe waren, hatten längst kurzen Prozess mit dem Schneehasen gemacht; und nun umkreisten sie voller Erwartung die Rivalen. Auch sie waren lautlos, doch ihre Augen glühten und ihr Atem trieb durch die kalte Luft. Für Buck war dies nichts Neues oder Fremdes, diese Szene aus längst vergangener Zeit. Es war, es wäre es immer so gewesen, es war der gewohnte Lauf der Welt.

Spitz war ein erfahrener Kämpfer. Von Spitzbergen durch die Arktis, durch ganz Kanada bis ins Ödland hatte er sich gegen Hunde aller Art behauptet und errang seine Meisterschaft über sie. Bitter war seine Wut, doch niemals blind. In seiner Leidenschaft zu reißen und zu zerstören, vergaß er nie, dass sein Feind die gleiche Leidenschaft besaß. Nie griff er an, ehe er nicht bereit war, einen Gegenangriff zu erwarten; nie attackierte er, bevor er nicht die Angriffe abgewehrt hatte.

Buck mühte sich vergebens, seine Zähne in den Hals des großen weißen Hundes zu stoßen. Immer, wenn er seine Zähne in das weiche Fell schlagen wollte, begegnete er den Fängen von Spitz. Reißzahn krachte an Reißzahn, Lippen wurden zerschnitten und bluteten, aber Buck konnte nicht zu dem feindlichen Wächter durchdringen. Dann wurde er langsam

rushes. Time and time again he tried for the snow-white throat, where life bubbled near to the surface, and each time and every time Spitz slashed him and got away. Then Buck took to rushing, as though for the throat, when, suddenly drawing back his head and curving in from the side, he would drive his shoulder at the shoulder of Spitz, as a ram by which to overthrow him. But instead, Buck's shoulder was slashed down each time as Spitz leaped lightly away.

Spitz was untouched, while Buck was streaming with blood and panting hard. The fight was growing desperate. And all the while the silent and wolfish circle waited to finish off whichever dog went down. As Buck grew winded, Spitz took to rushing, and he kept him staggering for footing. Once Buck went over, and the whole circle of sixty dogs started up; but he recovered himself, almost in mid air, and the circle sank down again and waited.

But Buck possessed a quality that made for greatness — imagination. He fought by instinct, but he could fight by head as well. He rushed, as though attempting the old shoulder trick, but at the last instant swept low to the snow and in. His teeth closed on Spitz's left fore leg. There was a crunch of breaking bone, and the white dog faced him on three legs. Thrice he tried to knock him over, then repeated the trick and broke the right fore leg. Despite the pain and helplessness, Spitz struggled madly to keep up. He saw the silent circle, with gleaming eyes, lolling tongues, and silvery breaths drifting upward, closing in upon him as he had seen similar circles close in upon beaten antago-

warm und beschäftigte Spitz mit einem Wirbel von Versuchen. Immer wieder versuchte er, die schneeweiße Kehle zu erreichen, in der das Leben gleich unter der Oberfläche sprudelte, und immer verletzte ihn Spitz und zog sich wieder zurück. Dann nahm Buck einen weiteren Anlauf gegen die Kehle, doch zog er blitzschnell den Kopf zurück und sprang auf die Flanke, wo er mit seiner Schulter die Schulter von Spitz niederdrücken wollte, wie ein Widder wollte er ihn umwerfen. Doch jedes Mal riss ihm Spitz, der nur leicht zurückspringen musste, seine Schulter noch weiter auf.

Spitz war noch unverletzt, während Buck blutüberströmt und schwer gezeichnet war. Er kämpfte immer verzweifelter. Und die ganze Zeit über erwartete der stille und wölfische Kreis um sie auf den Moment, den Kampf zu beenden, ganz gleich, welcher zu erst zu Boden ging. Als Bucks Erschöpfung wuchs, rauschte Spitz auf ihn zu und traf ihn so hart, dass er taumelte. Buck strauchelte einmal und sogleich war der Kreis der sechzig Hunde in Bereitschaft versetzt; aber Buck fasste sich, hielt sich in der Luft, und der Kreis sank wieder wartend nieder.

Aber Buck besaß eine Qualität, der er seine spätere Größe verdankte – Fantasie. Er kämpfte aus Instinkt, aber auch seinen Kopf setzte er dabei ein. Als wolle er wieder den alten Schultertrick versuchen, eilte er auf Spitz zu, doch im letzten Augenblick ließ er sich in den Schnee fallen. Er schloss seine Zähne um Spitz' linkes Vorderbein. Knirschend brach der Knochen, und der weiße Hund stand nur noch auf drei Beinen da. Drei Mal versuchte er ihn vergeblich zu treffen, dann wiederholte er den Trick und brach ihm auch das rechte Vorderbein. Trotz aller Schmerzen und aller Hilflosigkeit, versuchte Spitz wie verrückt, sich aufrecht zu halten. Er sah, wie der stille Kreis mit seinen glühenden Augen, den sich rekelnden Zungen und silbrigem Atem langsam auf ihn zurollte und sich um ihn schloss, so wie er in der Vergangenheit

nists in the past. Only this time he was the one who was beaten.

There was no hope for him. Buck was inexorable. Mercy was a thing reserved for gentler climes. He maneuvered for the final rush. The circle had tightened till he could feel the breaths of the huskies on his flanks. He could see them, beyond Spitz and to either side, half crouching for the spring, their eyes fixed upon him. A pause seemed to fall. Every animal was motionless as though turned to stone. Only Spitz quivered and bristled as he staggered back and forth, snarling with horrible menace, as though to frighten off impending death. Then Buck sprang in and out; but while he was in, shoulder had at last squarely met shoulder. The dark circle became a dot on the moon-flooded snow as Spitz disappeared from view. Buck stood and looked on, the successful champion, the dominant primordial beast who had made his kill and found it good.

CHAPTER 4

Who Has Won to Mastership

„Eh? Wot I say? I spik true w'en I say dat Buck two devils." This was Francois's speech next morning when he discovered Spitz missing and Buck covered with wounds. He drew him to the fire and by its light pointed them out.

„Dat Spitz fight lak hell," said Perrault, as he surveyed the gaping rips and cuts.

„An' dat Buck fight lak two hells," was Francois's answer. „An' now we make good time. No more Spitz, no more trouble, sure."

ähnliche, sich um geschlagene Hunde schließende Kreise gesehen hatte. Doch nun war er derjenige, der geschlagen war. Es gab keine Hoffnung für ihn. Buck aber blieb unerbittlich. Gnade war eine Sache für sanftere Gefilde. Er bereitete sich auf den letzten Schlag vor. Der Kreis hatte sich bereits so zugezogen, dass er an seinen Flanken den Atem der Huskys spüren konnte. Er sah sie hinter Spitz und zu beiden Seiten, sprungbereit niederkauernd, die Augen fest auf ihn gerichtet. Ein kurzes Zögern. Jedes Tier war regungslos, als hätte es sich in einen Stein verwandelt. Nur Spitz bebte und sträubte sich, während er hin und her schwankte, schreckliche Drohungen knurrend, als wolle er den bevorstehenden Tod verscheuchen. Da sprang Buck rein und raus; und während er drinnen war, traf er mit seiner Schulter schließlich direkt Spitz' Schulter. Der dunkle Kreis ballte sich auf dem vom Mond beleuchteten Schnee zu einem Punkt, als Spitz aus dem Blickfeld verschwand. Buck stand da und beobachtete, er der erfolgreiche Gewinner, das wilde Tier, das seine Beute gemacht hatte, und was er sah, das fand er gut.

KAPITEL 4

Der Gewinner wird Anführer

»Eh? Was ich gesagt! Ich recht hatte, als ich gesagt, diesa Buck zwei Teufel hat.« Das rief François am folgenden Morgen, als er bemerkte, dass Spitz fehlte und Buck mit Wunden übersät war. Er holte ihn ans Feuer und untersuchte seine Verletzungen.

»Dieser Spitz kämpft wie die Hölle«, sagte Perrault, während er sich die klaffenden Wunden betrachtete.

»Und diesa Buck wie zwei Teufel kämpft«, antwortete François. »Jetzt machen wir gute Zeit. Kein Spitz mehr, kein Ärger mehr, sicher ich bin!«

While Perrault packed the camp outfit and loaded the sled, the dog-driver proceeded to harness the dogs. Buck trotted up to the place Spitz would have occupied as leader; but Francois, not noticing him, brought Sol-leks to the coveted position. In his judgment, Sol-leks was the best lead-dog left. Buck sprang upon Sol-leks in a fury, driving him back and standing in his place.

„Eh? eh?" Francois cried, slapping his thighs gleefully. „Look at dat Buck. Heem keel dat Spitz, heem t'ink to take de job."

„Go 'way, Chook!" he cried, but Buck refused to budge.

He took Buck by the scruff of the neck, and though the dog growled threateningly, dragged him to one side and replaced Sol-leks. The old dog did not like it, and showed plainly that he was afraid of Buck. Francois was obdurate, but when he turned his back Buck again displaced Sol-leks, who was not at all unwilling to go.

Francois was angry. „Now, by Gar, I feex you!" he cried, coming back with a heavy club in his hand.

Buck remembered the man in the red sweater, and retreated slowly; nor did he attempt to charge in when Sol-leks was once more brought forward. But he circled just beyond the range of the club, snarling with bitterness and rage; and while he circled he watched the club so as to dodge it if thrown by Francois, for he was become wise in the way of clubs. The driver went about his work, and he called to Buck when he was ready to put him in his old place in front of Dave. Buck retreated two or three steps. Francois followed him up, whereupon he again retreated. After some time of this, Francois threw down the club, thinking that Buck feared a thrash-

Während Perrault die Lagerausrüstung verpackte und auf den Schlitten lud, schirrte der Hundeführer die Hunde an. Buck trottete an jene Position, die Spitz zuvor als Leithund besetzt hatte; doch François überging ihn und brachte Sol-leks auf den begehrten Posten. Seiner Ansicht nach war Sol-leks der beste Leithund unter den Verbliebenen. Doch Buck sprang wütend auf Sol-leks zu, trieb ihn zurück und stellte sich an seiner statt.

»Hä! Hä!«, schrie François und schlug sich hämisch lachend auf die Schenkel. »Schau dir diesa Buck an. Hat den Spitz gekillt und denkt, er kann Platz von diesa nehm.«

»Verdrück' dich, du Huhn!«, rief er, als Buck sich zu gehen weigerte.

Er packte Buck am Genick, und auch wenn der Hund drohend knurrte, zog er ihn zur Seite und ersetzte ihn durch Sol-leks. Dem alten Hund gefiel das gar nicht und er zeigte sehr deutlich, dass er Angst hatte vor Buck. François aber blieb bei seiner Meinung, doch während er ihnen den Rücken kehrte, drängte Buck Sol-leks erneut zurück.

François wurde wütend. »Jetzt scher' dich zum Teufel!«, rief er und kam mit einem schweren Knüppel in der Hand zurück.

Buck erinnerte sich an den Kerl mit dem roten Pullover, und zog langsam ab; er musste mit ansehen, wie Sol-leks erneut nach vorn gebracht wurde. Außer Reichweite des Knüppels umkreiste er ihn nun mit bitterem und wütendem Knurren; und während er ihn umkreiste, war er darauf bedacht auszuweichen, wenn François den Knüppel nach ihm werfen sollte, denn, was Knüppel anbelangt, war er weise geworden. Der Schlittenführer fuhr mit seiner Arbeit fort, und als Buck an der Reihe war, rief er nach ihm, um ihn an seine alte Position vor Dave anzuschirren. Buck wich zwei oder drei Schritte zurück. François folgte ihm, doch Buck zog sich noch weiter zurück. Nach einiger Zeit warf François den Knüppel fort, weil er glaubte, dass Buck eine Tracht Prügel befürch-

ing. But Buck was in open revolt. He wanted, not to escape a clubbing, but to have the leadership. It was his by right. He had earned it, and he would not be content with less.

Perrault took a hand. Between them they ran him about for the better part of an hour. They threw clubs at him. He dodged. They cursed him, and his fathers and mothers before him, and all his seed to come after him down to the remotest generation, and every hair on his body and drop of blood in his veins; and he answered curse with snarl and kept out of their reach. He did not try to run away, but retreated around and around the camp, advertising plainly that when his desire was met, he would come in and be good.

Francois sat down and scratched his head. Perrault looked at his watch and swore. Time was flying, and they should have been on the trail an hour gone. Francois scratched his head again. He shook it and grinned sheepishly at the courier, who shrugged his shoulders in sign that they were beaten. Then Francois went up to where Sol-leks stood and called to Buck. Buck laughed, as dogs laugh, yet kept his distance. Francois unfastened Sol-leks's traces and put him back in his old place. The team stood harnessed to the sled in an unbroken line, ready for the trail. There was no place for Buck save at the front. Once more Francois called, and once more Buck laughed and kept away.

„T'row down de club," Perrault commanded.

Francois complied, whereupon Buck trotted in, laughing triumphantly, and swung around into position at the head of the team. His traces were fastened,

tete. Doch Buck übte offene Meuterei. Er wollte nicht dem Knüppel entkommen, er wollte die Führung des Gespanns. Es war sein rechtmäßiger Platz. Er hatte ihn sich verdient und er wollte sich mit nichts Geringerem zufriedengeben.

Perrault hatte auch kein glückliches Händchen. Sie jagten ihn eine geschlagene Stunde zwischen sich her. Sie warfen Knüppel nach ihm. Er aber wich aus. Sie verfluchten ihn und all seine Väter und Mütter vor ihm und all seine Nachkommen bis in die entfernteste Generation und jedes Haar und jeden Tropfen Bluts in seinen Adern; und er beantwortete ihre Flüche mit einem Knurren und hielt sich weiter von ihnen fern. Er versuchte gar nicht zu fliehen, er zog bloß kreuz und quer durch das Lager, weil er deutlich machen wollte, dass er nur kommen und lieb sein würde, wenn man ihm sein Recht gewährte.

François setzte sich und kratzte sich am Kopf. Perrault sah auf seine Uhr und fluchte. Die Zeit verflog, bereits eine Stunde hätten sie auf der Reise sein sollen. François runzelte erneut die Stirn. Er schüttelte sich und sah verlegen zu dem Kurier hinüber, der nur mit den Schultern zuckte zum Zeichen, dass er sich geschlagen gab. Dann ging François hinauf zu Sol-leks und rief nach Buck. Buck lachte, so wie Hunde lachen, doch blieb auf Distanz. François knüpfte Sol-leks aus den Strängen und brachte ihn an Bucks angestammten Platz. Das Gespann stand nun in einer ununterbrochenen Linie vor dem Schlitten zur Abfahrt bereit. Für Buck gab es keinen anderen Platz als an der Spitze. Noch einmal rief ihn François und auch dieses Mal lachte Buck, doch hielt sich abseits.

»Wirf' den Knüppel weg«, gebot ihm Perrault.

François gehorchte und Buck trottete Triumph lachend herbei und schwang sich an die Spitze des Gespanns. Seine Leinen wurden festgezogen, der Schlitten brach los und die

the sled broken out, and with both men running they dashed out on to the river trail.

Highly as the dog-driver had forevalued Buck, with his two devils, he found, while the day was yet young, that he had undervalued. At a bound Buck took up the duties of leadership; and where judgment was required, and quick thinking and quick acting, he showed himself the superior even of Spitz, of whom Francois had never seen an equal.

But it was in giving the law and making his mates live up to it, that Buck excelled. Dave and Sol-leks did not mind the change in leadership. It was none of their business. Their business was to toil, and toil mightily, in the traces. So long as that were not interfered with, they did not care what happened. Billee, the good-natured, could lead for all they cared, so long as he kept order. The rest of the team, however, had grown unruly during the last days of Spitz, and their surprise was great now that Buck proceeded to lick them into shape.

Pike, who pulled at Buck's heels, and who never put an ounce more of his weight against the breast-band than he was compelled to do, was swiftly and repeatedly shaken for loafing; and ere the first day was done he was pulling more than ever before in his life. The first night in camp, Joe, the sour one, was punished roundly — a thing that Spitz had never succeeded in doing. Buck simply smothered him by virtue of superior weight, and cut him up till he ceased snapping and began to whine for mercy.

The general tone of the team picked up immediately. It recovered its old-time solidarity, and once more the dogs leaped as one dog in the traces. At the Rink Rapids two native huskies, Teek and Koona, were added;

beiden Männer mussten rennen, so schnell stürzten sie sich in die Reise.

Der Hundeführer hatte sich sehr verschätzt, in Buck steckten nicht nur zwei Teufel, wie die Männer schon früh am Tage feststellen mussten. In einem Satz, Buck nahm die Pflichten als Leithund viel besser wahr als gedacht; und wo sein Urteil erforderlich war und schnelles Denken und Handeln, zeigte er sich Spitz sogar noch überlegen, nie hatte François dergleichen gesehen.

Es war die äußerst gerechte Weise, in der er seine Gefährten führte, die Buck so auszeichnete. Dave und Sol-leks scherten sich nicht um den Wechsel der Vorherrschaft. Es interessierte sie nicht. Ihr Geschäft war es, sich zu plagen und sich mächtig in die Riemen zu legen. Solange sie niemand daran hinderte, kümmerte sie nicht, was passierte. Selbst Billie, der Gutmütige, hätte sie führen können, wenn sich nur nichts ändern würde. Der Rest des Gespanns aber war in den letzten Tagen von Spitz rebellisch geworden und zu ihrer großen Überraschung stelle Buck gleich wieder die alte Ordnung her.

Pike, der Buck auf den Fersen folgte und nie eine Unze mehr Kraft einsetzte, als unbedingt nötig, wurde schnell und häufig wegen seiner Faulheit durchgeschüttelt; und noch ehe der Tag vorüber war, legte er sich in die Riemen wie nie zuvor in seinem Leben. In der ersten Nacht im Lager erhielt der griesgrämige Joe eine Lektion – was Spitz nie zuvor gelungen war. Buck drückte ihn mit seinem überlegenen Gewicht zu Boden und raufte ihn, bis es knackte und er um Gnade winselte.

Der allgemeine Ton im Gespann verbesserte sich schlagartig. Die alte Solidarität und Freundschaft kehrte wieder zurück und sie zogen alle an einem Strang. An den Rink-Stromschnellen kamen zwei einheimische Huskys, Teek und Ko-

and the celerity with which Buck broke them in took away Francois's breath.

„Nevaire such a dog as dat Buck!“ he cried. „No, nevaire! Heem worth one t'ousan' dollair, by Gar! Eh? Wot you say, Perrault?“

And Perrault nodded. He was ahead of the record then, and gaining day by day. The trail was in excellent condition, well packed and hard, and there was no new-fallen snow with which to contend. It was not too cold. The temperature dropped to fifty below zero and remained there the whole trip. The men rode and ran by turn, and the dogs were kept on the jump, with but infrequent stoppages.

The Thirty Mile River was comparatively coated with ice, and they covered in one day going out what had taken them ten days coming in. In one run they made a sixty-mile dash from the foot of Lake Le Barge to the White Horse Rapids. Across Marsh, Tagish, and Bennett (seventy miles of lakes), they flew so fast that the man whose turn it was to run towed behind the sled at the end of a rope. And on the last night of the second week they topped White Pass and dropped down the sea slope with the lights of Skaguay and of the shipping at their feet.

It was a record run. Each day for fourteen days they had averaged forty miles. For three days Perrault and Francois threw chests up and down the main street of Skaguay and were deluged with invitations to drink, while the team was the constant centre of a worshipful crowd of dog-busters and mushers. Then three or four western bad men aspired to clean out the town, were riddled like pepperboxes for their pains, and

ona, zum Gespann hinzu; und das Tempo, in dem Buck sie anlernte, raubte François den Atem.

»Nie so'n Hund gesehn, wie diesn Buck!«, rief er. »Nee, niemals! Der is tausend Dollar wert und mehr! Oda? Was Sie sagen, Perrault?«

Perrault nickte. Der Rekord war jetzt schon gebrochen, Tag für Tag gewannen sie mehr. Der Weg war in gutem Zustand, er war gut und hart getreten, und es gab keinen Neuschnee, mit dem sie kämpfen mussten. Es war auch nicht zu kalt. Die Temperaturen waren auf knapp dreißig unter null gefallen und blieben die ganze Reise über unverändert. Die Männer fuhren und rannten abwechselnd, während die Hunde gleichmäßig vorwärts drängten und nur selten Pausen notwendig waren.

Der Dreißig-Meilen-Fluss war gut mit Eis bedeckt, und an einem einzigen Tag legten sie jene Strecke zurück, für die sie zuletzt zehn Tage gebraucht hatten. In nur einer Etappe schafften sie sechzig Meilen vom Le-Barge-See bis zu den White-Horse-Stromschnellen. Über Marsh, Tagish und Bennett, eine Seenketten von siebzig Meilen, kam das Gespann so schnell vorwärts, dass der Mann, der gerade hinter dem Schlitten an der Reihe war, an einem Seil mitgeschleppt werden musste. Am letzten Abend der zweiten Woche überquerten sie den Weißen Pass und glitten den Küstenhang hinunter, den Lichtern von Skaguay entgegen, zu dessen Füßen sich der Hafen befand.

Das war eine Rekordfahrt! Im Durchschnitt hatten sie jeden der vierzehn Tage vierzig Meilen zurückgelegt. Drei geschlagene Tage lang warfen sich Perrault und François auf der Hauptstraße von Skaguay stolz in die Brust und wurden von Einladungen zu Drinks überschüttet, während das Gespann ständig im Mittelpunkt einer ehrfürchtigen Menge von Hundeliebhabern und Schlittenführern stand. Erst als drei oder vier Krawallbrüder plündernd durch die Stadt

public interest turned to other idols. Next came official orders. Francois called Buck to him, threw his arms around him, wept over him. And that was the last of Francois and Perrault. Like other men, they passed out of Buck's life for good.

A Scotch half-breed took charge of him and his mates, and in company with a dozen other dog-teams he started back over the weary trail to Dawson. It was no light running now, nor record time, but heavy toil each day, with a heavy load behind; for this was the mail train, carrying word from the world to the men who sought gold under the shadow of the Pole.

Buck did not like it, but he bore up well to the work, taking pride in it after the manner of Dave and Solleks, and seeing that his mates, whether they prided in it or not, did their fair share. It was a monotonous life, operating with machine-like regularity. One day was very like another.

At a certain time each morning the cooks turned out, fires were built, and breakfast was eaten. Then, while some broke camp, others harnessed the dogs, and they were under way an hour or so before the darkness fell which gave warning of dawn. At night, camp was made. Some pitched the flies, others cut firewood and pine boughs for the beds, and still others carried water or ice for the cooks. Also, the dogs were fed. To them, this was the one feature of the day, though it was good to loaf around, after the fish was eaten, for an hour or so with the other dogs, of which there were five score and odd. There were fierce fighters among them, but three battles with the fiercest brought Buck

zogen und diese wie ein Sieb durchlöchert wurden, ließ das öffentliche Interesse nach und wandte sich anderen Helden zu. Dann erhielten sie eine behördliche Anordnung. François rief Buck zu sich, schlang die Arme um ihn und weinte. Und das war das letzte Mal, dass er François und Perrault sah. Wie andere Menschen verschwanden auch sie aus Bucks Leben.

Ein halber Schotte übernahm ihn und seine Gefährten, und gemeinsam mit einem Dutzend weiterer Hundeschlitten begab sich das Gespann erneut auf die schwierige Strecke nach Dawson. Dies war kein leichtes Laufen mehr, noch eine Rekordzeit, sondern tägliche Schwerstarbeit mit einer gewaltigen Last hinter sich; denn sie zogen den Postschlitten, der Nachrichten aus aller Welt zu den Männern trug, die im Polarkreis nach Gold schürften.

Buck gefiel das nicht sonderlich, aber er nahm die Arbeit auf sich, mit dem gleichen Stolz wie Dave und Sol-leks sah er, wie seine Gefährten, ob sie nun stolz waren oder nicht, ihre Pflicht taten. Es war ein eintöniges Leben und sie arbeiteten in einer maschinenartigen Gleichmäßigkeit. Ein Tag glich dem anderen.

Jeden Morgen standen zur gleichen Zeit die Köche auf, entzündeten Feuer und das Frühstück wurde gereicht. Während einige das Lager abbrachen, spannten andere die Hunde an, und eine Stunde vor der Morgendämmerung machten sie sich auf den Weg. Erst in der Nacht schlugen sie das Lager wieder auf. Einige stellten die Zelte auf, andere hackten Brennholz und sammelten Tannenzweige für die Betten und wieder andere holten Wasser oder Eis für die Küche. Auch die Hunde wurden gefüttert. Dies war ihr einziger Höhepunkt des Tages, und nachdem sie ihren Fisch verschlungen hatten, lungerten sie mit den anderen Hunden, von denen es fünf Dutzend und mehr gab, noch eine Stunde im Lager herum. Darunter waren anständige Kämpfer, doch drei Kämpfe mit den wildesten genügten

to mastery, so that when he bristled and showed his teeth they got out of his way.

Best of all, perhaps, he loved to lie near the fire, hind legs crouched under him, fore legs stretched out in front, head raised, and eyes blinking dreamily at the flames. Sometimes he thought of Judge Miller's big house in the sun-kissed Santa Clara Valley, and of the cement swimming-tank, and Ysabel, the Mexican hairless, and Toots, the Japanese pug; but oftener he remembered the man in the red sweater, the death of Curly, the great fight with Spitz, and the good things he had eaten or would like to eat. He was not homesick. The Sunland was very dim and distant, and such memories had no power over him. Far more potent were the memories of his heredity that gave things he had never seen before a seeming familiarity; the instincts (which were but the memories of his ancestors become habits) which had lapsed in later days, and still later, in him, quickened and become alive again.

Sometimes as he crouched there, blinking dreamily at the flames, it seemed that the flames were of another fire, and that as he crouched by this other fire he saw another and different man from the half-breed cook before him. This other man was shorter of leg and longer of arm, with muscles that were stringy and knotty rather than rounded and swelling. The hair of this man was long and matted, and his head slanted back under it from the eyes. He uttered strange sounds, and seemed very much afraid of the darkness, into which he peered continually, clutching in his hand, which hung midway between knee and foot, a stick with a heavy stone made fast to the end. He was all but naked, a ragged and fire-scorched skin hanging

Buck zur Vorherrschaft, und wenn er sich sträubte und seine Zähne zeigte, suchten sie fortan das Weite.

Am meisten vielleicht liebte er es, in der Nähe des Feuers zu liegen, die Hinterbeine angezogen und die Vorderbeine vor ihm ausgestreckt, den Kopf erhoben und die Augen verträumt auf die Flammen geheftet. Manchmal dachte er zurück an das Haus von Richter Miller im sonnenverwöhnten Tal von Santa Clara und das gemauerte Schwimmbecken und an Isabel, die unbehaarte Mexikanerin, und Toot, den japanischen Mops; öfter aber erinnerte er sich an den Mann mit dem roten Pullover, an den Tod Curlys, den großen Kampf mit Spitz und an all die guten Dinge, die er gefressen hatte oder gern noch fressen würde. Er hatte kein Heimweh. Das Sonnenland war nur schwach und weit entfernt und die Erinnerungen daran hatten keine Macht mehr über ihn. Weitaus stärker war die Erinnerung an seine Ahnen und die Dinge, die er trotz aller Vertrautheit noch niemals zu Gesicht bekam; die Instinkte (die nichts als Erinnerungen an seine Vorfahren waren und ihm jetzt zur Gewohnheit geworden waren), die er früher verdrängt hatte, sie waren später in ihm erwacht und lebendig geworden.

Manchmal, wie er so verträumt in die Flammen blickend dahockte, schien es, als wären es die Flammen eines anderen Feuers, und dass der Mann vor diesem anderem Feuer, vor dem er hockt, ein anderer Mann ist als dieses schottische Halbblut vor ihm. Dieser andere Mann hatte kürzere Beine und längere Arme mit Muskeln, die mehr sehnig und knotig waren als rund und geschwollen. Sein Haar war lang und verfilzt und seine Stirn floh schräg unter ihm fort. Er stieß seltsame Laute aus und schien große Angst vor der Dunkelheit zu haben, in die er immer wieder spähte, in seiner Hand, die ihm fast bis zum Fuß reichte, einen Stock haltend, an dessen Ende sich ein schwerer Stein befand. Er war fast nackt, nur ein zerlumptes und vom Feuer versengtes

part way down his back, but on his body there was much hair. In some places, across the chest and shoulders and down the outside of the arms and thighs, it was matted into almost a thick fur. He did not stand erect, but with trunk inclined forward from the hips, on legs that bent at the knees. About his body there was a peculiar springiness, or resiliency, almost catlike, and a quick alertness as of one who lived in perpetual fear of things seen and unseen.

At other times this hairy man squatted by the fire with head between his legs and slept. On such occasions his elbows were on his knees, his hands clasped above his head as though to shed rain by the hairy arms. And beyond that fire, in the circling darkness, Buck could see many gleaming coals, two by two, always two by two, which he knew to be the eyes of great beasts of prey. And he could hear the crashing of their bodies through the undergrowth, and the noises they made in the night. And dreaming there by the Yukon bank, with lazy eyes blinking at the fire, these sounds and sights of another world would make the hair to rise along his back and stand on end across his shoulders and up his neck, till he whimpered low and suppressedly, or growled softly, and the half-breed cook shouted at him, „Hey, you Buck, wake up!“ Whereupon the other world would vanish and the real world come into his eyes, and he would get up and yawn and stretch as though he had been asleep.

It was a hard trip, with the mail behind them, and the heavy work wore them down. They were short of weight and in poor condition when they made Dawson, and should have had a ten days’ or a week’s rest at least. But in two days’ time they dropped down the Yukon bank from the Barracks, loaded with let-

Fell hing ihm über den Rücken, doch sein Körper war von viel Haar bedeckt. An manchen Stellen, über der Brust und an den Schultern und auf der Außenseite von Armen und Oberschenkeln waren sie dicht wie ein Fell. Er stand nicht aufrecht, von der Hüfte an vorgeneigt, und seine Beine waren an den Knien gebogen. Seinen Körper belebten eine besondere, fast katzenartige Elastizität und Gelenkigkeit und eine Wachsamkeit, die in der ständigen Angst vor sichtbaren und unsichtbaren Dingen lebte.

Ein anderes Mal hockte dieser haarige Mann am Feuer und schlief mit dem Kopf zwischen den Beinen. In solchen Momenten hielt er seine Ellbogen auf die Knie gestützt und verschränkte die Hände überm Kopf, als wolle er mit den haarigen Armen den Regen abhalten. Und über das Feuer hinaus kreisten draußen in der Dunkelheit eine Vielzahl glühender Kohlen, immer im Paar, immer zwei beieinander, und er wusste, dass es die Augen großer Raubtiere waren. Er konnte das Knacken im Unterholz hören und die Geräusche, die sie in der Nacht ausstießen. So lag Buck träumend am Ufer des Yukon mit starrem Blick ins Feuer und die Geräusche und Bilder dieser anderen Welt ließen sein Haar auf dem Rücken steigen, bis es über den Schultern bis zum Hals aufrecht stand, und er winselte, mal schwer schnaufend, mal sanft und leise, bis dieses Halbblut nach ihm rief: »Hey du, Buck, wach auf!« Da verschwand die andere Welt und die wirkliche Welt trat zurück in seine Augen und er stand auf und gähnte und streckte sich, als hätte er geschlafen.

Es war eine schwere Reise, die Post hinter sich herziehend, und die schwere Arbeit erschöpfte sie. Sie waren abgemagert und in einem schlechten Zustand, als sie Dawson erreichten, mindestens zehn Tage Erholung hätten sie gebraucht. Doch schon nach zwei Tagen ließen sie die Baracken am Ufer des Yukon wieder hinter sich, beladen mit Briefen für

ters for the outside. The dogs were tired, the drivers grumbling, and to make matters worse, it snowed every day. This meant a soft trail, greater friction on the runners, and heavier pulling for the dogs; yet the drivers were fair through it all, and did their best for the animals.

Each night the dogs were attended to first. They ate before the drivers ate, and no man sought his sleeping-robe till he had seen to the feet of the dogs he drove. Still, their strength went down. Since the beginning of the winter they had travelled eighteen hundred miles, dragging sleds the whole weary distance; and eighteen hundred miles will tell upon life of the toughest. Buck stood it, keeping his mates up to their work and maintaining discipline, though he, too, was very tired. Billee cried and whimpered regularly in his sleep each night. Joe was sourer than ever, and Sol-leks was unapproachable, blind side or other side.

But it was Dave who suffered most of all. Something had gone wrong with him. He became more morose and irritable, and when camp was pitched at once made his nest, where his driver fed him. Once out of the harness and down, he did not get on his feet again till harness-up time in the morning. Sometimes, in the traces, when jerked by a sudden stoppage of the sled, or by straining to start it, he would cry out with pain. The driver examined him, but could find nothing. All the drivers became interested in his case. They talked it over at mealtime, and over their last pipes before going to bed, and one night they held a consultation. He was brought from his nest to the fire and was pressed and prodded till he cried out many times. Something was wrong inside, but they could locate no broken bones, could not make it out.

die Auswärtigen. Die Hunde waren müde, die Schlittenführer murrten und dazu schneite es den ganzen Tag, was es noch schlimmer machte. So hatten sie eine weiche Spur, größere Reibung an den Kufen und die Hunde mussten kräftiger ziehen; die Schlittenführer aber blieben fair und taten ihr Bestes für alle Tiere.

Jeden Abend wurden zuerst die Hunde versorgt. Sie fraßen, bevor die Schlittenführer aßen, und keiner schlüpfte in seinen Schlafsack, ehe nicht alle Pfoten der Hunde gründlich untersucht waren. Dennoch verließen sie langsam die Kräfte. Seit dem Einbruch des Winters waren sie bereits tausendachthundert Meilen gereist, schwere Schlitten ziehend die ganze ermüdende Strecke lang; und tausendachthundert Meilen mussten selbst dem Härtesten in die Beine gehen. Buck blieb standhaft, hielt seine Gefährten bei Laune und sorgte für Ordnung, obwohl auch er erschöpft war. Billie klagte und wimmerte die ganze Nacht hindurch. Joe war griesgrämiger denn je und Sol-leks konnte man sich nicht mehr nähern, weder auf seiner blinden noch auf seiner anderen Seite.

Dave aber litt am meisten. Irgendetwas ging in ihm vor. Er wurde mürrisch und reizbar, und während das Lager aufgeschlagen wurde, baute er sich gleich sein Nest und verschwand und der Schlittenführer musste ihn füttern. Einmal aus dem Gurtzeug gelöst, kam er bis zum Anspannen am nächsten Morgen nicht mehr auf die Beine. Manchmal in den Leinen, wenn der Schlitten plötzlich stoppen musste, oder beim Anziehen des beladenen Schlittens, heulte er vor Schmerzen auf. Der Führer untersuchte ihn, konnte aber nichts finden. Auch die anderen Schlittenführer sorgten sich um ihn. Sie sprachen bei den Mahlzeiten darüber und beim Pfeiferauchen vor dem Schlafengehen, und eines Nachts hielten sie Rat. Sie holten ihn aus seinem Nest ans Feuer und tasteten seinen Körper ab, wobei er ständig aufheulte. Irgendwas war in ihm nicht in Ordnung, denn sie konnten keine gebrochenen Knochen, noch irgendetwas anderes ausmachen.

By the time Cassiar Bar was reached, he was so weak that he was falling repeatedly in the traces. The Scotch half-breed called a halt and took him out of the team, making the next dog, Sol-leks, fast to the sled. His intention was to rest Dave, letting him run free behind the sled. Sick as he was, Dave resented being taken out, grunting and growling while the traces were unfastened, and whimpering broken-heartedly when he saw Sol-leks in the position he had held and served so long. For the pride of trace and trail was his, and, sick unto death, he could not bear that another dog should do his work.

When the sled started, he floundered in the soft snow alongside the beaten trail, attacking Sol-leks with his teeth, rushing against him and trying to thrust him off into the soft snow on the other side, striving to leap inside his traces and get between him and the sled, and all the while whining and yelping and crying with grief and pain. The half-breed tried to drive him away with the whip; but he paid no heed to the stinging lash, and the man had not the heart to strike harder. Dave refused to run quietly on the trail behind the sled, where the going was easy, but continued to flounder alongside in the soft snow, where the going was most difficult, till exhausted. Then he fell, and lay where he fell, howling lugubriously as the long train of sleds churned by.

With the last remnant of his strength he managed to stagger along behind till the train made another stop, when he floundered past the sleds to his own, where he stood alongside Sol-leks. His driver lingered a moment to get a light for his pipe from the man behind. Then he returned and started his dogs. They swung out on the trail with remarkable lack of

Zur Zeit als sie Cassiar Bay erreichten, war er so schwach, dass er in den Leinen immer wieder taumelte. Das schottische Halbblut hielt an, nahm ihn aus dem Gespann und stellte einen anderen Hund, Sol-leks, vor den Schlitten. Dave sollte sich erholen und durfte frei hinter dem Schlitten herlaufen. So krank er auch war, es ärgerte ihn, aus dem Gespann genommen zu werden, er grunzte und knurrte, während die Leinen gelöst wurden, und er wimmerte so herzzerreißend, als er Sol-leks an seinem Platz sah, auf dem er so lange treu ergeben gedient hatte. Sein Stolz als Schlittenhund war unermesslich und selbst todkrank konnte er es nicht ertragen, wenn ein anderer Hund seine Arbeit verrichtete.

Als der Schlitten wieder anzog, stolperte er im weichen Schnee neben der ausgetretenen Spur her, schnappte mit den Zähnen nach Sol-leks, hetzte ihn und versuchte, ihn auf die andere Seite in den weichen Schnee zu stoßen, bemüht, an seine Stelle zwischen ihm und dem Schlitten zu springen, und die ganze Zeit über jammerte und jaulte er vor Trauer und Schmerz. Das Halbblut wollte ihn mit der Peitsche vertreiben; aber er sorgte sich nicht um die Peitschenhiebe, und der Mann brachte es nicht übers Herz, ihn härter zu schlagen. Dave wollte nicht auf die Spur hinter dem Schlitten, wo das Laufen einfach war, er blieb im weichen Schnee, wo das Laufen am schwersten war, und er lief bis zur Erschöpfung. Dann fiel er und blieb liegen, wo er gefallen war, voller Klage heulend, als der lange Zug der Schlitten an ihm vorüberglitt.

Mit letzter Kraft raffte er sich auf und taumelte hinter den Schlitten her, bis der Zug eine Pause einlegte, und er stolperte am Schlitten vorbei an seinen Platz und blieb neben Sol-leks stehen. Sein Schlittenführer ließ das Gespann nur für einen kurzen Moment aus den Augen, während er sich bei seinem Hintermann Feuer für seine Pfeife holte. Als er zurückkehrte, gab er den Hunden Befehl zum Start. Ohne

exertion, turned their heads uneasily, and stopped in surprise. The driver was surprised, too; the sled had not moved. He called his comrades to witness the sight. Dave had bitten through both of Sol-leks's traces, and was standing directly in front of the sled in his proper place.

He pleaded with his eyes to remain there. The driver was perplexed. His comrades talked of how a dog could break its heart through being denied the work that killed it, and recalled instances they had known, where dogs, too old for the toil, or injured, had died because they were cut out of the traces. Also, they held it a mercy, since Dave was to die anyway, that he should die in the traces, heart-easy and content. So he was harnessed in again, and proudly he pulled as of old, though more than once he cried out involuntarily from the bite of his inward hurt. Several times he fell down and was dragged in the traces, and once the sled ran upon him so that he limped thereafter in one of his hind legs. But he held out till camp was reached, when his driver made a place for him by the fire.

Morning found him too weak to travel. At harness-up time he tried to crawl to his driver. By convulsive efforts he got on his feet, staggered, and fell. Then he wormed his way forward slowly toward where the harnesses were being put on his mates. He would advance his fore legs and drag up his body with a sort of hitching movement, when he would advance his fore legs and hitch ahead again for a few more inches. His strength left him, and the last his mates saw of him he laid gasping in the snow and yearning toward them. But they could hear him mournfully howling till they passed out of sight behind a belt of river timber.

jegliche Anstrengung gingen sie zurück auf die Spur, überrascht hielten die Hunde ein und blickten sich um. Auch der Treiber war überrascht; der Schlitten hatte sich nicht bewegt. Er rief seine Kameraden, um den Anblick zu bezeugen. Dave hatte die Stränge Sol-leks durchgebissen und stand an seinem angestammten Platz vor dem Schlitten. Mit flehendem Blick bat er, dort zu bleiben. Der Führer war verwirrt. Seine Kameraden erzählten, einem Hund könne das Herz brechen, wenn man ihn seiner Arbeit beraubt, egal ob sie ihn tötet, und sie erinnerten sich an Hunde, die zu alt für die Arbeit oder verletzt waren und starben, wenn man sie aus dem Gespann herausnahm. So hielten sie es für barmherzig, eben weil Dave zum Sterben geweiht war, ihn im Gespann zu belassen, wo er glücklich und zufrieden bei der Arbeit sterben konnte. So spannten sie ihn wieder an und voller Stolz zog er an seinem Platz, auch wenn er bisweilen qualvoll aufheulte, wenn ein wütender Schmerz in seinem Innern nagte. Mehrmals fiel er hin und wurde mitgeschleift und einmal wurde der Schlitten über ihn hinweg gezogen, dass er danach nur mit einem Hinterbein hinkend weiterziehen konnte. Aber er schaffte es, bis sie das Lager erreicht hatten, und sein Treiber bereitete ihm einen Platz am Feuer.

Am folgenden Morgen war er zu schwach für die Reise. Beim Anschirren kroch er seinem Schlittenführer entgegen. Nur mit krampfhafter Mühe kam er auf die Beine, taumelte und fiel wieder hin. Langsam schlitterte er vorwärts zu seinen Gefährten. Er schob die Vorderbeine voraus und zog mit einer ruckartigen Bewegung seinen Körper nach, dann schob er wieder die Beine vor und zog sich wieder für einige Inches nach. Seine Kräfte verließen ihn, keuchend richtete er sehnsüchtige Blicke nach seinen Gefährten. Das war das Letzte, was sie von ihm sahen. Doch sie hörten noch seine wehmütige Klage, als er an einer Krümmung des Flusslaufs aus ihren Augen verschwand.

Here the train was halted. The Scotch half-breed slowly retraced his steps to the camp they had left. The men ceased talking. A revolver-shot rang out. The man came back hurriedly. The whips snapped, the bells tinkled merrily, the sleds churned along the trail; but Buck knew, and every dog knew, what had taken place behind the belt of river trees.

CHAPTER 5
The Toil of Trace and Trail

Thirty days from the time it left Dawson, the Salt Water Mail, with Buck and his mates at the fore, arrived at Skaguay. They were in a wretched state, worn out and worn down. Buck's one hundred and forty pounds had dwindled to one hundred and fifteen. The rest of his mates, though lighter dogs, had relatively lost more weight than he. Pike, the malingerer, who, in his lifetime of deceit, had often successfully feigned a hurt leg, was now limping in earnest. Sol-leks was limping, and Dub was suffering from a wrenched shoulder-blade.

They were all terribly footsore. No spring or rebound was left in them. Their feet fell heavily on the trail, jarring their bodies and doubling the fatigue of a day's travel. There was nothing the matter with them except that they were dead tired. It was not the dead-tiredness that comes through brief and excessive effort, from which recovery is a matter of hours; but it was the dead-tiredness that comes through the slow and prolonged strength drainage of months of toil. There was no power of recuperation left, no reserve strength to call upon. It had been all used, the last least bit of it. Every muscle, every fiber, every cell, was tired, dead tired. And there was reason

Hier stoppte der Zug. Das schottische Halbblut ging langsamen Schrittes zurück ins Lager, das sie eben verlassen hatten. Die Männer hörte zu sprechen auf. Ein Schuss aus einem Revolver fiel. Der Mann eilte zurück. Die Peitsche knallte, die Glöckchen bimmelten und der Schlitten zog weiter; Buck aber wusste es und jeder der Hunde, was hinter der Biegung des Flusses geschehen war.

KAPITEL 5

Die Plagerei in der Spur

Dreißig Tage nach ihrem Aufbruch in Dawson erreichten Buck und seine Gefährten mit der Salzwasser-Post Skaguay. Sie waren in einem erbärmlichen Zustand, völlig erschöpft und abgerackert. Der hundertvierzig Pfund schwere Buck war auf hundertfünfzehn Pfund abgemagert. Der Rest seiner Kollegen, auch wenn es leichtere Hunde waren, hatten im Verhältnis zu ihm noch mehr Gewicht verloren. Pike, der Simulant, der oft so erfolgreich ein hinkendes Bein vorgetäuscht hatte, hinkte nun wirklich. Auch Sol-leks lahmte und Dubs Schulter war wund.

Alle waren sie schrecklich fußlahm. Sie waren ungelenk und ohne jegliche Spannkraft. Ihre Füße waren schwer wie Blei, ihre Körper kreischten und doppelt war ihre Ermüdung nach jeder Tagesreise. Nichts anderes war der Fall, als dass sie todmüde waren. Doch dies war kein Todmüde, das man von kurzer und heftiger Belastung bekam, von dem man sich in nur wenigen Stunden erholen konnte, es war eine Art von Todmüde, das man durch schleichenden, aber stetigen Kräfteverzehr in Monaten voller Mühsal erlitten hatte. Sie brachten kaum noch Kraft zur Genesung auf, denn ihre Kraftreserven waren vollständig aufgebraucht. Alles war verschwendet worden, selbst das letzte Bisschen davon. Jeder ihrer Muskeln, jede Faser, jede Zelle war müde, todmüde. Und sie

for it. In less than five months they had travelled twenty-five hundred miles, during the last eighteen hundred of which they had had but five days' rest. When they arrived at Skaguay they were apparently on their last legs. They could barely keep the traces taut, and on the down grades just managed to keep out of the way of the sled.

„Mush on, poor sore feets," the driver encouraged them as they tottered down the main street of Skaguay. „Dis is de las'. Den we get one long res'. Eh? For sure. One bully long res'."

The drivers confidently expected a long stopover. Themselves, they had covered twelve hundred miles with two days' rest, and in the nature of reason and common justice they deserved an interval of loafing. But so many were the men who had rushed into the Klondike, and so many were the sweethearts, wives, and kin that had not rushed in, that the congested mail was taking on Alpine proportions; also, there were official orders. Fresh batches of Hudson Bay dogs were to take the places of those worthless for the trail. The worthless ones were to be got rid of, and, since dogs count for little against dollars, they were to be sold.

Three days passed, by which time Buck and his mates found how really tired and weak they were. Then, on the morning of the fourth day, two men from the States came along and bought them, harness and all, for a song. The men addressed each other as „Hal" and „Charles." Charles was a middle-aged, lightish-colored man, with weak and watery eyes and a mustache that twisted fiercely and vigorously up, giving the lie

hatten allen Grund dazu. In weniger als fünf Monaten hatten sie zweitausendfünfhundert Meilen hinter sich gebracht und in den letzten tausendachthundert ließ man ihnen nur fünf Tage zur Erholung. Als sie Skaguay erreichten, lagen sie ganz offensichtlich in ihren letzten Zügen. Sie konnten nur mühsam die Stränge straff halten und abwärts schafften sie es kaum, dem Schlitten auszuweichen.

»Los, meine Freunde mit den wunden Pfoten«, ermutigte sie der Schlittenführer, als sie über die Hauptstraße von Skaguay wankten. »Wir haben's bald geschafft. Ihr werd' 'ne lange Rast bekommen, ganz sicher, ey! Ne verdammt lange Rast!« Voller Zuversicht hofften die Treiber auf einen langen Zwischenstopp. Sie selbst hatten auf den letzten tausendzweihundert Meilen nur zwei Ruhetage gehabt, es war nur natürlich und der gesunde Menschenverstand gebot es, dass ihnen eine gehörige Zeitspanne zur Faulenzerei zustand. Doch es hatte bereits so viele Männer nach Klondike gezogen, die nun auf Nachricht warteten, und es gab allzu viele Frauen und Kinder, die im Süden auf Nachricht von ihren Gatten und Vätern hofften, dass die Post lawinenartige Ausmaße annahm; auch die behördlichen Schreiben nahmen zu. Eine frische Ladung an Hunden aus Hudson Bay sollte jenen Platz einnehmen, den die für die Reise untauglich gewordenen Hunde freigaben. Die nutzlos gewordenen wollte man los werden, und weil sie nur noch wenig wert waren, wurden sie für wenige Dollar verkauft.

Drei Tage vergingen, und Buck und seinen Gefährten dämmerte es allmählich, wie müde und ausgelaugt sie tatsächlich waren. Am Morgen des vierten Tages erschienen zwei Männer aus den Staaten und kauften sie samt Geschirr und allem für einen Apfel und ein Ei. Die Männer nannten sich Hal und Charles. Charles war mittleren Alters, leicht gebräunt mit schwachen, tränenden Augen und einem Schnurrbart, der wild und kräftig hochgezwirbelt war und dennoch die

to the limply drooping lip it concealed. Hal was a youngster of nineteen or twenty, with a big Colt's revolver and a hunting-knife strapped about him on a belt that fairly bristled with cartridges. This belt was the most salient thing about him. It advertised his callowness — a callowness sheer and unutterable. Both men were manifestly out of place, and why such as they should adventure the North is part of the mystery of things that passes understanding.

Buck heard the chaffering, saw the money pass between the man and the Government agent, and knew that the Scotch half-breed and the mail-train drivers were passing out of his life on the heels of Perrault and Francois and the others who had gone before. When driven with his mates to the new owners' camp, Buck saw a slipshod and slovenly affair, tent half stretched, dishes unwashed, everything in disorder; also, he saw a woman. „Mercedes“ the men called her. She was Charles's wife and Hal's sister — a nice family party.

Buck watched them apprehensively as they proceeded to take down the tent and load the sled. There was a great deal of effort about their manner, but no businesslike method. The tent was rolled into an awkward bundle three times as large as it should have been. The tin dishes were packed away unwashed. Mercedes continually fluttered in the way of her men and kept up an unbroken chattering of remonstrance and advice. When they put a clothes-sack on the front of the sled, she suggested it should go on the back; and when they had put it on the back, and covered it over with a couple of other bundles, she discovered over-

schlapp herunterhängenden Lippen nicht verbergen konnte. Hal war ein Knabe von neunzehn oder zwanzig Jahren, der einen großen Revolver und ein Jagdmesser in seinem Gürtel trug, der voller Patronen war. Dieser Gürtel war auch, was am meisten an ihn auffiel. Dies sprach für seine Unreife – eine schier sträfliche Unreife. Beide Männer waren ganz offensichtlich fehl am Platze, und warum sie hier im Norden nach Abenteuern suchten, war ein Geheimnis und kann mit Vernunft nicht erklärt werden.

Buck hörte sie Feilschen und sah, wie zwischen den Männern und dem Regierungskurier Geld wechselte, und er wusste, dass auch das schottische Halbblut und all die anderen Schlittenführer aus seinem Leben entschwinden würden so wie Perrault und François und all die anderen, die ihn zuvor verlassen hatten. Als er mit seinen Gefährten in das Lager der neuen Eigentümer kam, entdeckte Buck gleich die Schlampig- und Schludrigkeit, das Zelt war falsch aufgestellt, Geschirr und Besteck war ungewaschen, alles lag chaotisch verstreut umher; es war auch noch eine Frau da. Mercedes wurde sie von den Männern genannt. Es war die Frau von Charles und die Schwester von Hal – eine komische Familienbande.

Buck sah mit Schrecken, wie sie die Zelte abbrachen und den Schlitten beluden. Es bereitete ihnen viel Mühe, ihre Herangehensweise lässt sich mit keinen sachlichen Worten beschreiben. Das Zelt rollten sie auf eine ganz ungeschickte Weise zusammen und es war drei Mal so groß, als es hätte sein sollen. Das Essgeschirr wurde einfach ungewaschen verstaut. Mercedes drängte sich immer wieder den Männern in den Weg und beackerte sie mit unentwegtem Geschnatter, mit Protesten und guten Ratschlägen. Als sie einen Kleidersack auf der Vorderseite des Schlittens verstauten, wollte sie ihn auf der Hinterseite sehen; und als sie ihn dort unterbrachten und unter einer Reihe anderer Bündel begruben, entdeckte

looked articles which could abide nowhere else but in that very sack, and they unloaded again.

Three men from a neighboring tent came out and looked on, grinning and winking at one another.

„You've got a right smart load as it is," said one of them; „and it's not me should tell you your business, but I wouldn't tote that tent along if I was you."

„Undreamed of!" cried Mercedes, throwing up her hands in dainty dismay. „However in the world could I manage without a tent?"

„It's springtime, and you won't get any more cold weather," the man replied.

She shook her head decidedly, and Charles and Hal put the last odds and ends on top the mountainous load.

„Think it'll ride?" one of the men asked.

„Why shouldn't it?" Charles demanded rather shortly.

„Oh, that's all right, that's all right," the man hastened meekly to say. „I was just a-wonderin', that is all. It seemed a mite top-heavy."

Charles turned his back and drew the lashings down as well as he could, which was not in the least well.

„An' of course the dogs can hike along all day with that contraption behind them," affirmed a second of the men.

„Certainly," said Hal, with freezing politeness, taking hold of the gee-pole with one hand and swinging his whip from the other. „Mush!" he shouted. „Mush on there!"

sie andere Dinge, die nirgend anders hineingehörten als in diesen jenen Sack, und alles musste wieder entladen werden. Drei Männer aus einem benachbarten Zelt kamen heraus und betrachteten dieses Schauspiel grinsend und augenzwinkernd.

»Ihr habt da eine ganz schöne Last, wie es scheint«, sagte einer von ihnen; »und es geht mich zwar nichts an, doch ich würde das Zelt nicht mitschleppen, wenn ich an eurer Stelle wäre.«

»Keine Chance«, rief Mercedes und fuchtelte bestürzt mit den Händen. »Wie in aller Welt könnte ich ohne das Zelt auskommen!«

»Aber es wird Frühling und die Kälte ist vorbei«, antwortete der Mann.

Sie schüttelte entschieden mit dem Kopf und Charles und Hal verstauten die letzten Kleinigkeiten auf der Spitze ihres Gepäckberges.

»Denkt ihr, dass ihr damit fortkommt?«, fragte ein anderer Mann.

»Warum denn nicht?«, entgegnete Charles giftig.

»Jaja, schon gut, schon gut«, beschwichtigte der Mann eilig. »Ich wundere mich nur, das ist alles. Mir kommt es nur ein wenig zu schwer vor.«

Charles drehte ihm den Rücken zu und zog die Zuggurte fest, so gut er konnte, und das war vollkommen ungenügend.

»Und natürlich können die Hunde diesen Brummer den ganzen Tag lang hinter sich herziehen!«, bekräftigte ein zweiter Mann.

»Klar doch«, sagte Hal mit eisiger Höflichkeit, nahm die Lenksange in eine Hand und schwang mit der anderen seine Peitsche. »Marsch!«, schrie er, »Marschmarsch!«

The dogs sprang against the breast-bands, strained hard for a few moments, then relaxed. They were unable to move the sled.

„The lazy brutes, I'll show them," he cried, preparing to lash out at them with the whip.

But Mercedes interfered, crying, „Oh, Hal, you mustn't," as she caught hold of the whip and wrenched it from him. „The poor dears! Now you must promise you won't be harsh with them for the rest of the trip, or I won't go a step."

„Precious lot you know about dogs," her brother sneered; „and I wish you'd leave me alone. They're lazy, I tell you, and you've got to whip them to get anything out of them. That's their way. You ask any one. Ask one of those men."

Mercedes looked at them imploringly, untold repugnance at sight of pain written in her pretty face.

„They're weak as water, if you want to know," came the reply from one of the men. „Plum tuckered out, that's what's the matter. They need a rest."

„Rest be blanked," said Hal, with his beardless lips; and Mercedes said, „Oh!" in pain and sorrow at the oath.

But she was a clannish creature, and rushed at once to the defence of her brother. „Never mind that man," she said pointedly. „You're driving our dogs, and you do what you think best with them."

Again Hal's whip fell upon the dogs. They threw themselves against the breast-bands, dug their feet into the packed snow, got down low to it, and put forth all their strength. The sled held as though it were an anchor. After two efforts, they stood still, panting. The whip was whistling savagely, when once

Die Hunde warfen sich in die Leinen und zogen für einige
Momente heftig an, ließen dann aber ab. Sie waren nicht in
der Lage, den Schlitten zu bewegen.
»Ihr faulen Biester, ich werd's euch zeigen«, rief er und hielt
die Peitsche empor, um sie zu schlagen.
Da fiel ihm Mercedes in den Arm und rief: »Oh, Hal, das
darfst du nicht«, und sie hielt die Peitsche fest umschlungen
und entwandt sie ihm. »Die armen Lieblinge! Du musst mir
auf der Stelle versprechen, sie für den Rest der Reise in Frieden zu lassen, oder ich werde keinen Schritt weitergehen.«
»Was weißt du schon über Hunde!«, höhnte ihr Bruder;
»und lass' mich in Ruhe! Sie sind faul, sag' ich dir, man
muss ihnen die Peitsche geben, um etwas aus ihnen heraus-
zubekommen. Das ist, was sie brauchen. Frag' doch einen
der Männer hier!«
Mercedes sah sich beschwörend um und unsäglicher Widerwillen huschte über ihr hübsches Gesicht beim Anblick
all dieses Leids.
»Sie sind schlapp wie Wasser, wenn ihr's wissen wollt«, war
die Antwort von einem der Männer. »Völlig fertig sind sie,
das ist, was los ist. Sie brauchen Erholung!«
»Erholung wird gestrichen«, schoss es Hal über die bartlo-
sen Lippen; und Mercedes sagte »Oh!« vor lauter Ärger über
sein Fluchen.
Doch sie war ein Familienmensch und kam ihrem Bruder
sogleich zu Hilfe. »Kümmer' dich nicht, was der Mann
sagt«, meinte sie spitz. »Du lenkst unsere Hunde und du
bestimmst, was am Besten für sie ist.«
Schon ließ Hal seine Peitsche unter die Hunde fahren. Sie
warfen sich in die Riemen, ihre Füße gruben sich in den ge-
packten Schnee, immer tiefer hinein, und sie streckten sich
mit ganzer Kraft. Der Schlitten kam nicht von der Stelle,
als würde er von einem Anker gehalten. Nach dem zweiten
Versuch hatten sie kaum noch Luft. Doch die Peitsche sang

more Mercedes interfered. She dropped on her knees before Buck, with tears in her eyes, and put her arms around his neck.

„You poor, poor dears," she cried sympathetically, „why don't you pull hard? — then you wouldn't be whipped."

Buck did not like her, but he was feeling too miserable to resist her, taking it as part of the day's miserable work.

One of the onlookers, who had been clenching his teeth to suppress hot speech, now spoke up: — „It's not that I care a whoop what becomes of you, but for the dogs' sakes I just want to tell you, you can help them a mighty lot by breaking out that sled. The runners are froze fast. Throw your weight against the gee-pole, right and left, and break it out."

A third time the attempt was made, but this time, following the advice, Hal broke out the runners, which had been frozen to the snow. The overloaded and unwieldy sled forged ahead, Buck and his mates struggling frantically under the rain of blows. A hundred yards ahead the path turned and sloped steeply into the main street. It would have required an experienced man to keep the top-heavy sled upright, and Hal was not such a man. As they swung on the turn the sled went over, spilling half its load through the loose lashings. The dogs never stopped. The lightened sled bounded on its side behind them. They were angry because of the ill treatment they had received and the unjust load. Buck was raging. He broke into a run, the team following his lead. Hal cried „Whoa! whoa!" but they gave no heed. He tripped and was pulled off his feet. The capsized sled ground over him, and the dogs dashed on up

brutal weiter und Mercedes wurde es zu viel. Sie ließ sich vor Buck auf die Knie fallen, Tränen rollten aus ihren Augen, und sie legte ihren Arm um seinen Hals.

»Du armer, armer Liebling«, heulte sie mitfühlend, »warum ziehst du nicht fester? – dann würde euch niemand schlagen.«

Buck konnte sie nicht ausstehen, doch er war zu erschöpft, um ihr zu widerstehen, und so hakte er es als Teil eines miserablen Arbeitstages ab.

Einer der Umstehenden, der sich nur mit Mühe auf die Zähne gebissen hatte, brach jetzt los: – »Es is mir verdammig egal, was aus euch wird, aber der Hunde willen sag ich euch, du könntst den Hunden eine Menge helfen, wenn du den festgefrornen Schlitten losbrichst. Die Kufen sind festgefrorn. Wirf dein Gewicht gegen den Schlitten, rechts und links, und er wird frei.«

Ein dritter Versuch wurde gewagt, diesmal aber, dem Rat folgend, brach Hal die Kufen los, die im Schnee eingefroren waren. Der überladene und unhandliche Schlitten glitt vorwärts, während Buck und seine Gefährten verzweifelt gegen die niederrasselnden Schläge ankämpften. Etwa hundert Meter weiter neigte sich der Weg und ging steil die Hauptstraße hinauf. Es hätte kaum ein erfahrener Schlittenführer vermocht, den hoch aufgetürmten Schlitten aufrecht zu halten, doch war Hal kein solcher Mann. Als sie einschwenkten, kippte der Schlitten, und wegen der losen Zuggurte wurde die halbe Ladung verschüttet. Die Hunde aber stoppten nicht. Der erleichterte Schlitten sprang seitlich hinter ihnen her. Sie waren wütend wegen der schlechten Behandlung, die sie durch die ungehörige Belastung erfahren hatten. Buck tobte. Er rannte los und zog das Gespann hinter sich nach. Hal schrie »Whoa! Whoa!«, doch sie schenkten ihm keine Beachtung. Er stolperte und wurde von den Füßen gerissen. Der Schlitten kenterte und fiel

the street, adding to the gayety of Skaguay as they scattered the remainder of the outfit along its chief thoroughfare.

Kind-hearted citizens caught the dogs and gathered up the scattered belongings. Also, they gave advice. Half the load and twice the dogs, if they ever expected to reach Dawson, was what was said. Hal and his sister and brother-in-law listened unwillingly, pitched tent, and overhauled the outfit. Canned goods were turned out that made men laugh, for canned goods on the Long Trail is a thing to dream about. „Blankets for a hotel“ quoth one of the men who laughed and helped. „Half as many is too much; get rid of them. Throw away that tent, and all those dishes, — who's going to wash them, anyway? Good Lord, do you think you're travelling on a Pullman?“

And so it went, the inexorable elimination of the superfluous. Mercedes cried when her clothes-bags were dumped on the ground and article after article was thrown out. She cried in general, and she cried in particular over each discarded thing. She clasped hands about knees, rocking back and forth broken-heartedly. She averred she would not go an inch, not for a dozen Charleses. She appealed to everybody and to everything, finally wiping her eyes and proceeding to cast out even articles of apparel that were imperative necessaries. And in her zeal, when she had finished with her own, she attacked the belongings of her men and went through them like a tornado.

This accomplished, the outfit, though cut in half, was still a formidable bulk. Charles and Hal went out in the evening and bought six Outside dogs. These, added to the six of the original team, and Teek and Koona, the huskies obtained at the Rink Rapids on

über ihm zu Boden, während die Hunde weiter die Straße hinauf stürzten, und zur Belustigung Skaguays verstreuten sie den Rest des Gepäcks über die Hauptstraße der Stadt.

Gutherzige Bürger fingen die Hunde ein und halfen, die verstreuten Habseligkeiten aufzusammeln. Auch sie gaben Ratschläge. Nur die halbe Ladung oder doppelt so viele Hunde, wenn sie Dawson jemals sicher erreichen wollten, das sagte man ihnen. Hal, seine Schwester und sein Schwager hörten sich die Ratschläge unwillig an, warfen das Zelt ab und überholten das Gepäck. Die unsinnigsten Dinge kamen zum Vorschein und brachten die umstehenden Männer zum Lachen. »Hoteldecken«, sprach lachend einer der helfenden Männer. »Halb so viel ist noch zu viel, wirf es weg. Schmeiß das Zelt weg und all dieses Geschirr – wer wird euch das jemals waschen? Lieber Gott, glaubt ihr, ihr reist in einem Schlafwaggon?«

Und so begannen sie, alles Überflüssige unerbittlich zu entfernen. Mercedes schluchzte, während ihre Kleidersäcke abgeladen wurden und all der Kram nach und nach weggeworfen wurde. Sie kämpfte im Allgemeinen und im Besonderen um jede verworfene Sache. Sie umschlang mit ihren Armen ihre Knie und schaukelte gebrochenen Herzens vor und zurück. Sie erklärte, sie würde keinen Zentimeter weitergehen, nicht für ein Dutzend Charlies. Sie appellierte an alle und jeden, doch schließlich wischte sie sich die Augen und begann, nur ihre notwendigsten Sachen zusammenzupacken. Nachdem sie ihre eigenen Sachen durchkämmt hatte, machte sie sich eifrig an die Habseligkeiten der Männer und ging durch sie hindurch wie ein Tornado.

Ihre Ladung war nun nur noch halb so groß, doch war sie immer noch schwer genug. Charles und Hal verschwanden am Abend und kauften sechs weitere Hunde. Diese, die sechs Hunde des alten Gespanns sowie Teek und Koona, die an den Rink-Stromschnellen hinzukamen,

the record trip, brought the team up to fourteen. But the Outside dogs, though practically broken in since their landing, did not amount to much. Three were short-haired pointers, one was a Newfoundland, and the other two were mongrels of indeterminate breed. They did not seem to know anything, these newcomers. Buck and his comrades looked upon them with disgust, and though he speedily taught them their places and what not to do, he could not teach them what to do. They did not take kindly to trace and trail. With the exception of the two mongrels, they were bewildered and spirit-broken by the strange savage environment in which they found themselves and by the ill treatment they had received. The two mongrels were without spirit at all; bones were the only things breakable about them.

With the newcomers hopeless and forlorn, and the old team worn out by twenty-five hundred miles of continuous trail, the outlook was anything but bright. The two men, however, were quite cheerful. And they were proud, too. They were doing the thing in style, with fourteen dogs. They had seen other sleds depart over the Pass for Dawson, or come in from Dawson, but never had they seen a sled with so many as fourteen dogs. In the nature of Arctic travel there was a reason why fourteen dogs should not drag one sled, and that was that one sled could not carry the food for fourteen dogs. But Charles and Hal did not know this. They had worked the trip out with a pencil, so much to a dog, so many dogs, so many days, Q.E.D.

brachten das Gespann auf vierzehn Hunde. Doch die neuen Hunde, die nach ihrer Ankunft so gut wie eingebrochen waren, waren kaum zu gebrauchen. Drei waren kurzhaarige Jagdhunde, einer ein Neufundländer und die beiden anderen waren Bastarde einer unbestimmten Rasse. Scheinbar hatten sie überhaupt keine Erfahrung, diese Neulinge. Buck und seine Gefährten betrachteten sie voller Abscheu, und obwohl er sie an ihren Plätzen schnell anlernte, was sie nicht tun durften, konnte er ihnen kaum beibringen, was ihre Aufgabe war. Nur mit Widerwillen gingen sie auf die Reise. Mit Ausnahme der beiden Bastarde standen sie der seltsamen wilden Umgebung, in der sie sich befanden, fremd gegenüber, und schlechte Behandlung hatte sie unwillig gemacht. Die beiden Bastarde aber waren geistlos; Knochen waren das Einzige, worüber sie sich den Kopf zerbrachen.

Mit den hoffnungslosen Neuankömmlingen und dem alten erschöpften Gespann, das zweitausendfünfhundert Meilen in den Beinen hatte, waren die Erfolgsaussichten alles andere als rosig. Die beiden Männer aber waren voller Zuversicht. Und sie waren stolz auf ihr Gespann mit vierzehn Hunden. Sie hatten einige Schlitten gesehen, die nach Dawson aufbrachen oder die von dort kamen, doch keiner dieser Schlitten wurde von vierzehn Hunden gezogen. Es lag in der Natur dieser artkischen Reise, warum man keine vierzehn Hunde vor einen Schlitten spannte, weil der Schlitten nicht noch das Futter für vierzehn Hunde tragen konnte. Aber Charles und Hal wussten das nicht. Sie hatten die Reise streng mathematisch auf dem Reißbrett entworfen, so viel für einen Hund, so viele Hunde, so viele Tage,

Mercedes looked over their shoulders and nodded comprehensively, it was all so very simple.

Late next morning Buck led the long team up the street. There was nothing lively about it, no snap or go in him and his fellows. They were starting dead weary. Four times he had covered the distance between Salt Water and Dawson, and the knowledge that, jaded and tired, he was facing the same trail once more, made him bitter. His heart was not in the work, nor was the heart of any dog. The Outsides were timid and frightened, the Insides without confidence in their masters.

Buck felt vaguely that there was no depending upon these two men and the woman. They did not know how to do anything, and as the days went by it became apparent that they could not learn. They were slack in all things, without order or discipline. It took them half the night to pitch a slovenly camp, and half the morning to break that camp and get the sled loaded in fashion so slovenly that for the rest of the day they were occupied in stopping and rearranging the load. Some days they did not make ten miles. On other days they were unable to get started at all. And on no day did they succeed in making more than half the distance used by the men as a basis in their dog-food computation.

It was inevitable that they should go short on dogfood. But they hastened it by overfeeding, bringing the day nearer when underfeeding would commence. The Outside dogs, whose digestions had not been

Q.E.D.[2] Mercedes hatte über ihre Schultern geblickt und zustimmend genickt, weil alles so einfach war.

Später am nächsten Morgen führte Buck das lange Gespann die Straße hinauf. Es machte keinen Sinn, nicht für ihn, noch für seine Gefährten. Todmüde liefen sie los. Vier Mal hatte er bereits die Strecke zwischen Dawson und dem Salzwasser zurückgelegt, aber noch nie war er so abgestumpft und müde, und diese Reise ein weiteres Mal anzutreten, verstimmte ihn. Sein Herz war nicht bei der Sache, noch war es das Herz eines der Hunde. Die Neulinge waren zögerlich und ängstlich, die Alten ohne jegliches Vertrauen in ihren Treiber.

Buck fühlte vage, dass er sich nicht auf diese Männer und diese Frau verlassen konnte. Sie hatten keine Ahnung, was zu tun war, und während die Tage vergingen, wurde ganz offensichtlich, dass sie es auch niemals lernen würden. Sie waren unfähig in allen Dingen, ohne Ordnung und Disziplin. Sie brauchten die halbe Nacht um ein lumpiges Lager zu errichten, und die Hälfte des Morgens verging, während sie das Lager abbrachen und den Schlitten auf ihre ganz eigentümlich schlampige Weise beluden, sodass sie am übrigen Tag immer wieder gezwungen waren, anzuhalten, um den Schlitten neu zu beladen. An einigen Tagen kamen sie nicht einmal zehn Meilen voran. An anderen waren sie nicht in der Lage, überhaupt loszukommen. Nicht einen einzigen Tag erreichten sie das Ziel, das sie bei der Berechnung der Vorräte zugrunde gelegt hatten.

Es war unvermeidlich, dass ihnen das Futter für die Hunde knapp werden würde. Doch die ständige Überfütterung brachte sie diesen Tagen schnell näher. Die Neulinge, unersättlich in ihrem Appetit, litten unter chronischem Hunger

---

2   Q.E.D.: (latein.) quod erat demonstrandum – was zu beweisen war; ein mathematischer Begriff für einen gelungenen Beweis.

trained by chronic famine to make the most of little, had voracious appetites. And when, in addition to this, the worn-out huskies pulled weakly, Hal decided that the orthodox ration was too small. He doubled it. And to cap it all, when Mercedes, with tears in her pretty eyes and a quaver in her throat, could not cajole him into giving the dogs still more, she stole from the fish-sacks and fed them slyly. But it was not food that Buck and the huskies needed, but rest. And though they were making poor time, the heavy load they dragged sapped their strength severely.

Then came the underfeeding. Hal awoke one day to the fact that his dog-food was half gone and the distance only quarter covered; further, that for love or money no additional dog-food was to be obtained. So he cut down even the orthodox ration and tried to increase the day's travel. His sister and brother-in-law seconded him; but they were frustrated by their heavy outfit and their own incompetence. It was a simple matter to give the dogs less food; but it was impossible to make the dogs travel faster, while their own inability to get under way earlier in the morning prevented them from travelling longer hours. Not only did they not know how to work dogs, but they did not know how to work themselves.

The first to go was Dub. Poor blundering thief that he was, always getting caught and punished, he had nonetheless been a faithful worker. His wrenched shoulder-blade, untreated and unrested, went from bad to worse, till finally Hal shot him with the big Colt's revolver. It is a saying of the country that an Outside dog starves to death on the ration of the husky, so the six Outside dogs under Buck could do no less than die on half the ration of the husky. The New-

und erhielten Sonderrationen. Und hinzu kam, dass Hal entschied, um die erschöpften Huskys anzuspornen, dass die orthodoxen Rationen zu klein waren. Er verdoppelte sie. Dies übertraf noch Mercedes, der es schluchzend mit Tränen in den Augen nicht mehr gelang, den Männern noch größere Rationen für die Hunde abzuschmeicheln, und die sich heimlich aus den Fischsäcken bediente und die Hunde heimlich fütterte. Doch war es nicht Nahrung, was Buck und den Huskys fehlte, sie brauchten Erholung. Und so bedrückte sie diese üble Zeit, und die schwere Last, die sie hinter sich herschleiften, ließ ihre Kräfte noch weiter schwinden.

Dann kam der Hunger. Hal bemerkte eines Tages, dass das Futter der Hunde schon halb aufgebraucht war, sie aber erst ein Viertel der Strecke zurückgelegt hatten; und weiter, dass weder für Geld noch für Liebe zusätzliche Nahrung aufzutreiben war. So kürzte er eben die fromm berechneten Rationen und versuchte gleichzeitig, die Tagesleistung zu erhöhen. Seine Schwester und sein Schwager pflichteten ihm einfach bei; denn sie waren ernüchtert wegen ihrer schweren Ausrüstung und ihrer eigenen Kraftlosigkeit. Für sie war es eine einfache Sache, den Hunden weniger Nahrung zu geben; die Reise mit den Hunden aber zu beschleunigen war ihnen unmöglich, ihre Unfähigkeit hinderte sie daran, nie gelang es ihnen, frühzeitig auf die Strecke zu gehen. Weder konnten sie schuften wie ihre Hunde, noch hatten sie selbst den Schimmer einer Ahnung.

Als Erster ging Dub drauf. Er war ein schlechter, ungeschickter Dieb, der stets erwischt und bestraft wurde, und dennoch war er ein treu ergebener Arbeiter. Mit seinem verletzten Schulterblatt, das nie behandelt und geschont wurde, ging es immer schlechter, bis ihn Hal schließlich mit dem großen Revolver erschoss. Es ist eine alte Weisheit der Gegend, dass ein Neuling mit der Futterration eines Huskys verhungern würde, und so erwartete auch die

foundland went first, followed by the three short-haired pointers, the two mongrels hanging more grittily on to life, but going in the end.

By this time all the amenities and gentlenesses of the Southland had fallen away from the three people. Shorn of its glamour and romance, Arctic travel became to them a reality too harsh for their manhood and womanhood. Mercedes ceased weeping over the dogs, being too occupied with weeping over herself and with quarrelling with her husband and brother. To quarrel was the one thing they were never too weary to do. Their irritability arose out of their misery, increased with it, doubled upon it, outdistanced it. The wonderful patience of the trail, which comes to men who toil hard and suffer sore, and remain sweet of speech and kindly, did not come to these two men and the woman. They had no inkling of such a patience. They were stiff and in pain; their muscles ached, their bones ached, their very hearts ached; and because of this they became sharp of speech, and hard words were first on their lips in the morning and last at night.

Charles and Hal wrangled whenever Mercedes gave them a chance. It was the cherished belief of each that he did more than his share of the work, and neither forbore to speak this belief at every opportunity. Sometimes Mercedes sided with her husband, sometimes with her brother. The result was a beautiful and unending family quarrel. Starting from a dispute as to which should chop a few sticks for the fire (a dispute which concerned only Charles and Hal), present-

sechs Neulinge von Bucks Gespann mit nur einer halben Huskyration nichts anderes als der Hungertod. Zuerst ging der Neufundländer ein, gefolgt von den drei kurzhaarigen Jagdhunden, und die beiden Bastarde, die noch etwas länger an ihrem Leben hingen, starben zuletzt.

Alle guten Sitten und südländische Vornehmheit waren zu diesem Zeitpunkt von den drei Menschen abgefallen. Ihrer Träume von Glanz und Romantik beraubt, trat die Wirklichkeit ihrer arktischen Reise ein, die für ihre Art Männlich- und Weiblichkeit unerreichbar war. Mercedes heulte nicht mehr über die Hunde, sie war nur noch mit sich selbst beschäftigt und klagte über ihr Leid oder zankte sich mit ihrem Gatten oder ihrem Bruder. Streit war das Einzige, wofür ihnen nie die Kraft fehlte. Ihr Elend entfachte ihre Reizbarkeit, die mit ihrem Elend wuchs, sich verdoppelte und es schließlich überflügelte. Die wunderbare Geduld auf dem Track, die die Männer hart schuften und Entbehrungen ertragen ließen, und die dennoch zuvorkommend und hilfsbereit blieben, war diesen beiden Männern und dieser Frau fremd. Nicht einmal im Ansatz kannten sie diese Geduld. Sie waren kaltsinnig geworden vor Schmerz; ihre Muskeln schmerzten, ihre Knochen schmerzten, ihre harten Herzen schmerzten ebenso; und aus eben diesen Gründen wurde auch ihre Sprache scharf und böse Reden begleiteten sie vom Morgen bis in die Nacht hinein.

Charles und Hal stritten sich, wann immer Mercedes es zuließ. Jeder von ihnen glaubte, mehr zu leisten als der andere, und bei jeder kleinsten Gelegenheit gaben sie ihren Glauben kund. Mercedes hielt mal zu ihrem Mann, mal zu ihrem Bruder. Das Ergebnis davon war eine schöne und ununterbrochene Familienfehde. Ein Streit darüber, wer das Holz für das Feuer hacken solle (ein Streitfall, der nur Charles und Hal betraf), gab ihnen Anlass, den Rest der Familie, ob Väter, Mütter, Onkel und Cousins, Menschen,

ly would be lugged in the rest of the family, fathers, mothers, uncles, cousins, people thousands of miles away, and some of them dead. That Hal's views on art, or the sort of society plays his mother's brother wrote, should have anything to do with the chopping of a few sticks of firewood, passes comprehension; nevertheless the quarrel was as likely to tend in that direction as in the direction of Charles's political prejudices. And that Charles's sister's tale-bearing tongue should be relevant to the building of a Yukon fire, was apparent only to Mercedes, who disburdened herself of copious opinions upon that topic, and incidentally upon a few other traits unpleasantly peculiar to her husband's family. In the meantime the fire remained unbuilt, the camp half pitched, and the dogs unfed.

Mercedes nursed a special grievance — the grievance of sex. She was pretty and soft, and had been chivalrously treated all her days. But the present treatment by her husband and brother was everything save chivalrous. It was her custom to be helpless. They complained. Upon which impeachment of what to her was her most essential sex-prerogative, she made their lives unendurable. She no longer considered the dogs, and because she was sore and tired, she persisted in riding on the sled. She was pretty and soft, but she weighed one hundred and twenty pounds — a lusty last straw to the load dragged by the weak and starving animals. She rode for days, till they fell in the traces and the sled stood still. Charles and Hal begged her to get off and walk, pleaded with her, entreated, the while she wept and importuned Heaven with a recital of their brutality.

die Tausende Meilen entfernt lebten, und selbst tote Verwandte, hineinzuziehen. Was um Himmelswillen hatten Hals Ansichten über die Kunst oder die Gesellschaftsstücke, die der Bruder seiner Mutter schrieb, mit dem Hacken von Brennholz zu tun, das verstehe, wer will; dennoch war es ebenso wahrscheinlich, dass der Streit in der gleichen Weise ausartete, wenn es um die politischen Vorurteile von Charles ging. Und was die verlogene Zunge von Charles Schwester mit dem Entfachen eines Feuers am Yukon zu tun hatte, verstand nur Mercedes, die sich gehörig über dieses Thema entlud und nebenbei über einige andere unangenehme und eigentümliche Eigenschaften der Familie ihres Mannes herzog. In dieser Zeit aber wurde kein Feuer entfacht, das Lager blieb nur halb aufgeschlagen und die Hunde waren ohne Futter.

Mercedes pflegte ihre eigenen Neigungen – die Neigungen ihres Geschlechts. Sie war hübsch und sanft und wurde ihr ganzes Leben lang ritterlich behandelt. Wie aber ihr Gatte und ihr Bruder sich ihr gegenüber benahmen, spottete jeglicher Ritterlichkeit. So machte sie es sich zur Gewohnheit, sich hilflos zu geben. Sie beklagte sich. Sie forderte all die Vorrechte ihres Geschlechts ein, die sie ihr verwehrten, und das machte ihr Leben unerträglich. Ihr Mitleid für die Hunde war längst vergessen, und weil sie wund und müde war, beharrte sie darauf, auf dem Schlitten zu reisen. Sie war eine hübsche und zarte Person, doch sie wog hundertzwanzig Pfund   ein gewaltiges kleines Reiskorn oben auf der Ladung, das die erschöpften und halb verhungerten Tiere zusätzlich zu schleppen hatten. Tagelang ritt sie da, bis die Hunde in den Leinen zusammenbrachen und der Schlitten stille stand. Charles und Hal baten sie abzusteigen und zu laufen, sie flehten sie an, befahlen, doch sie heulte nur und klagte den Himmel für das Konzert ihrer Bosheiten an.

On one occasion they took her off the sled by main strength. They never did it again. She let her legs go limp like a spoiled child, and sat down on the trail. They went on their way, but she did not move. After they had travelled three miles they unloaded the sled, came back for her, and by main strength put her on the sled again.

In the excess of their own misery they were callous to the suffering of their animals. Hal's theory, which he practised on others, was that one must get hardened. He had started out preaching it to his sister and brother-in-law. Failing there, he hammered it into the dogs with a club. At the Five Fingers the dog-food gave out, and a toothless old squaw offered to trade them a few pounds of frozen horse-hide for the Colt's revolver that kept the big hunting-knife company at Hal's hip. A poor substitute for food was this hide, just as it had been stripped from the starved horses of the cattlemen six months back. In its frozen state it was more like strips of galvanized iron, and when a dog wrestled it into his stomach it thawed into thin and innutritious leathery strings and into a mass of short hair, irritating and indigestible.

And through it all Buck staggered along at the head of the team as in a nightmare. He pulled when he could; when he could no longer pull, he fell down and remained down till blows from whip or club drove him to his feet again. All the stiffness and gloss had gone out of his beautiful furry coat. The hair hung down, limp and draggled, or matted with dried blood where Hal's club had bruised him. His muscles had wasted away to knotty strings, and the flesh pads had disappeared, so that each rib and every bone in his frame were outlined cleanly through the loose hide that was wrinkled

Einmal zogen sie sie mit Gewalt vom Schlitten. Doch sie taten es nie wieder. Wie ein trotziges Kind bewegte sie sich nicht von der Stelle und kauerte sich auf den Pfad. Sie fuhren weiter, doch sie rührte sich nicht. Nach drei Meilen entluden sie den Schlitten, fuhren zurück und luden sie mit Gewalt wieder auf.

Die Exzesse ihres eigenen Elends machte sie blind für das Elend der Tiere. Die Theorie Hals, man müsse hart werden, bezog er nur auf die anderen. Er bläute es seiner Schwester und seinem Schwager ein. Als dies fehlschlug, hämmerte er es den Hunden mit dem Knüppel ein. Am Fünf-Finger-Gebirge ging das Hundefutter aus und eine alte zahnlose Indianerin bot ihnen für den Revolver, der neben dem großen Jagdmesser an Hals Hüfte steckte, ein paar Pfund Pferdeleder an. Das Fell, das ein Viehzüchter vor sechs Monaten einem klapprigen Gaul abgezogen hatte, war ein erbärmlicher Ersatz für Futter. In gefrorenem Zustand war es wie ein Stück verrosteten Eisens, und nachdem die Hunde es hinuntergewürgt hatten, taute es im Magen zu dünnen, substanzlos ledrigen Fasern und zu einer kurzhaarigen Masse auf, die Krämpfe verursachte und unverdaulich im Magen lag.
Durch all dies schritt Buck an der Spitze des Gespanns wie durch einen Albtraum. Er zog, wenn er konnte; wenn er nicht mehr ziehen konnte, fiel er zu Boden und blieb liegen, bis ihn Peitschenhiebe oder ein Knüppel wieder auf die Beine trieben. Alle Festigkeit und aller Glanz seines schönen Fells waren dahin. Sein Haar war schlaff und zerzaust oder war, wo Hal ihn verletzt hatte, mit getrocknetem Blut verkrustet. Seine Muskeln waren zu knotigen Saiten verkümmert und alles Fleisch war verschwunden, sodass jede Rippe und jeder Knochen seines Körpers sich klar unter der schlaffen, in leere Falten zerknitterten Haut abzeichneten. Es

in folds of emptiness. It was heartbreaking, only Buck's heart was unbreakable. The man in the red sweater had proved that.

As it was with Buck, so was it with his mates. They were perambulating skeletons. There were seven all together, including him. In their very great misery they had become insensible to the bite of the lash or the bruise of the club. The pain of the beating was dull and distant, just as the things their eyes saw and their ears heard seemed dull and distant. They were not half living, or quarter living. They were simply so many bags of bones in which sparks of life fluttered faintly. When a halt was made, they dropped down in the traces like dead dogs, and the spark dimmed and paled and seemed to go out. And when the club or whip fell upon them, the spark fluttered feebly up, and they tottered to their feet and staggered on.

There came a day when Billee, the good-natured, fell and could not rise. Hal had traded off his revolver, so he took the axe and knocked Billee on the head as he lay in the traces, then cut the carcass out of the harness and dragged it to one side. Buck saw, and his mates saw, and they knew that this thing was very close to them.

On the next day Koona went, and but five of them remained: Joe, too far gone to be malignant; Pike, crippled and limping, only half conscious and not conscious enough longer to malinger; Sol-leks, the one-eyed, still faithful to the toil of trace and trail, and mournful in that he had so little strength with which to pull; Teek, who had not travelled so far that winter and who was now beaten more than the others because he was fresher; and Buck, still at the head of the team, but no longer enforcing discipline or striv-

war ein herzzerbrechender Anblick, nur Bucks Herz konnte nicht gebrochen werden. Der Kerl im roten Pullover hatte es ihm eingebläut.

So wie Buck erging es auch seinen Gefährten. Sie waren umherwandelnde Gerippe. Mit ihm zusammen waren sie noch sieben an der Zahl. In ihrem gewaltigen Elend waren sie unempfindlich geworden für die Bisse der Peitsche und die Hiebe des Knüppels. Der Schmerz der Schläge drang kaum noch zu ihnen durch, alles, was sie sahen, und alles, was sie hörten, schien ihnen dumpf und fern. Sie waren lebende Tote. Sie waren ein Haufen Knochen, in dem nur noch ein schwacher Lebensfunke flackerte. Wenn sie anhielten, fielen sie wie tot zu Boden, und der Funke dämmerte und wurde blasser und schien auszugehen. Und wenn der Knüppel oder die Peitsche auf sie niederrasselte, flackerte der Funke schwach auf und sie hievten sich auf die Beine und taumelten weiter.

Es kam der Tag, an dem Billie, der Gutmütige, zusammensackte und nicht mehr aufstehen konnte. Hal hatte seinen Revolver verkauft, so nahm er die Axt und schlug Billie, wo er gelegen hatte, den Schädel ein, löste den Kadaver aus dem Gurtzeug und zog ihn beiseite. Buck sah es, seine Kameraden sahen es, und jeder wussten, dass er auch bald so enden würde.

Am nächsten Tag war Koona an der Reihe, und nur fünf Hunde waren noch übrig geblieben: Joe, zu schlaff, um bösartig zu werden; Pike, verkrüppelt und hinkend, nur noch halb bei Bewusstsein, der nicht mehr simulieren brauchte; Sol-leks, der Einäugige, der nach wie vor voller Stolz rackerte und traurig war, dass ihm die Kräfte für diese Arbeit entwunden waren; Teek, der diese Strecke noch nicht so oft in diesem Winter gegangen war und der jetzt mehr Schläge als die anderen einstecken musste, weil er noch etwas Kraft besaß; und Buck an der Spitze des Gespanns, der keine

ing to enforce it, blind with weakness half the time and keeping the trail by the loom of it and by the dim feel of his feet.

It was beautiful spring weather, but neither dogs nor humans were aware of it. Each day the sun rose earlier and set later. It was dawn by three in the morning, and twilight lingered till nine at night. The whole long day was a blaze of sunshine. The ghostly winter silence had given way to the great spring murmur of awakening life. This murmur arose from all the land, fraught with the joy of living. It came from the things that lived and moved again, things which had been as dead and which had not moved during the long months of frost. The sap was rising in the pines. The willows and aspens were bursting out in young buds. Shrubs and vines were putting on fresh garbs of green. Crickets sang in the nights, and in the days all manner of creeping, crawling things rustled forth into the sun. Partridges and woodpeckers were booming and knocking in the forest. Squirrels were chattering, birds singing, and overhead honked the wild-fowl driving up from the south in cunning wedges that split the air.
From every hill slope came the trickle of running water, the music of unseen fountains. All things were thawing, bending, snapping. The Yukon was straining to break loose the ice that bound it down. It ate away from beneath; the sun ate from above. Air-holes formed, fissures sprang and spread apart, while thin sections of ice fell through bodily into the river. And amid all this bursting, rending, throbbing of awakening life, under the blazing sun and through the

Disziplin mehr forderte und auch nicht danach strebte, sie durchzusetzen, der die halbe Zeit über blind vor Schwäche war und die Spur vor sich nur noch schemenhaft wahrnahm oder durch ein dumpfes Gefühl in seinen Pfoten.

Es war wunderbares Frühlingswetter, aber weder die Hunde noch die Menschen nahmen dies wahr. Jeden Tag ging die Sonne nun etwas früher auf und später unter. Es dämmerte um drei Uhr morgens und erst gegen neun Uhr am Abend wich das Tageslicht. Den ganzen langen Tag über war strahlender Sonnenschein. Die geisterhafte Stille des Winters war dem großen Frühlingsmurmeln des erwachenden Lebens gewichen. Dieses von der Freude am Leben aufgeladene Murmeln erhob sich im ganzen Land. Es kam von den Dingen, die lebendig wurden und sich wieder regten, von den Dingen, die für tot galten, aber nur in den Monaten klirrender Kälte geschlafen hatten. In den Kiefern stieg der Saft empor. An Weiden und Espen sprangen junge Knospen hervor. Sträucher und Ranken zogen sich grüne Gewänder über. In der Nacht sangen Grillen und bei Tag krochen und kreuchten und raschelten allerlei Käfer der Sonne entgegen. Rebhühner flatterten auf und das Pochen der Spechte erfüllte den Wald. Eichhörnchen klapperten, Vögel sangen und am Himmel lärmten Wildgänse, die in gewitzten Formationen aus dem Süden herkamen und die Luft zerteilten.

Von jedem Berghang rieselten Bäche ins Tal, eine Musik unsichtbarer Quellen. Alles erwachte und reckte und streckte sich. Der Yukon plagte sich, das Eis zu durchbrechen, das ihn bedeckte. Er bohrte von unten und die Sonne von oben. Löcher bildeten sich, Risse entstanden und breiteten ich weiter aus und dünne Eisplatten wurden in den Fluss gezogen. Und inmitten all dieses Berstens und Reißens und pulsierenden, erwachenden Lebens, unter der grellen Sonne bei schwach seufzenden Brisen, taumel-

soft-sighing breezes, like wayfarers to death, staggered the two men, the woman, and the huskies.

With the dogs falling, Mercedes weeping and riding, Hal swearing innocuously, and Charles's eyes wistfully watering, they staggered into John Thornton's camp at the mouth of White River. When they halted, the dogs dropped down as though they had all been struck dead. Mercedes dried her eyes and looked at John Thornton. Charles sat down on a log to rest. He sat down very slowly and painstakingly what of his great stiffness. Hal did the talking. John Thornton was whittling the last touches on an axe-handle he had made from a stick of birch. He whittled and listened, gave monosyllabic replies, and, when it was asked, terse advice. He knew the breed, and he gave his advice in the certainty that it would not be followed.

„They told us up above that the bottom was dropping out of the trail and that the best thing for us to do was to lay over," Hal said in response to Thornton's warning to take no more chances on the rotten ice. „They told us we couldn't make White River, and here we are." This last with a sneering ring of triumph in it.

„And they told you true," John Thornton answered. „The bottom's likely to drop out at any moment. Only fools, with the blind luck of fools, could have made it. I tell you straight, I wouldn't risk my carcass on that ice for all the gold in Alaska."

„That's because you're not a fool, I suppose," said Hal. „All the same, we'll go on to Dawson." He uncoiled his whip. „Get up there, Buck! Hi! Get up there! Mush on!"

ten wie totgeweihte Wandersleute die beiden Männer, die Frau und die Huskys.

Als sie mit den Hunden das Lager John Thorntons an der Mündung des Weißen Flusses erreichten, schluchzte Mercedes auf dem Schlitten, Hal fluchte ohne Unterlass und Charles standen reumütig Tränen in den Augen. Als sie anhielten, sanken die Hunde wie tot zu Boden, als hätte sie der Blitz getroffen. Mercedes trocknete ihre Tränen und sah zu John Thornton hinüber. Charles ließ sich stumm auf einem Baumstumpf nieder, um sich auszuruhen. Er setzte sich nur langsam und schwerfällig wegen seiner steifen Glieder. Und Hal hob zu reden an. John Thornton verpasste einem Axtgriff aus Birke den letzten Schiff. Er hörte ruhig zu und gab einsilbige Antworten, und wenn er danach gefragt wurde, gab er Ratschläge. Er kannte solche Gesellschaften und er wusste, dass sie die Ratschläge nicht befolgen würden.

»Die da oben sagten uns, dass das Eis auf unserem Weg brechen würde und dass es das Beste sei, es bleiben zu lassen«, sagte Hal als Reaktion auf Thorntons Warnung, keine Chance auf dem dünnen Eis zu haben. »Sie meinten, wir würden den Weißen Fluss niemals erreichen, doch hier sind wir nun!« Letzteres fügte er triumphierend hinzu und ein Hauch von Hohn mischte sich in seine Stimme.

»Und sie haben recht«, antwortete Thornton. »Das Eis kann jeden Moment brechen. Nur Idioten, die ihr Leben aufs Spiel setzen wollen, wagen es noch. Ich sage Euch ehrlich, ich würde meinen Leib nicht für alles Gold Alaskas auf dieses Eis riskieren.«

»Weil du kein Idiot bist, schätze ich«, antwortete Hal. »Überall das Gleiche, aber wir werden nach Dawson kommen.« Er hob seine Peitsche. »Komm hoch, Buck! Hey! Komm hoch dort! Marsch!«

Thornton went on whittling. It was idle, he knew, to get between a fool and his folly; while two or three fools more or less would not alter the scheme of things.

But the team did not get up at the command. It had long since passed into the stage where blows were required to rouse it. The whip flashed out, here and there, on its merciless errands. John Thornton compressed his lips. Sol-leks was the first to crawl to his feet. Teek followed. Joe came next, yelping with pain. Pike made painful efforts. Twice he fell over, when half up, and on the third attempt managed to rise. Buck made no effort. He lay quietly where he had fallen. The lash bit into him again and again, but he neither whined nor struggled. Several times Thornton started, as though to speak, but changed his mind. A moisture came into his eyes, and, as the whipping continued, he arose and walked irresolutely up and down.

This was the first time Buck had failed, in itself a sufficient reason to drive Hal into a rage. He exchanged the whip for the customary club. Buck refused to move under the rain of heavier blows, which now fell upon him. Like his mates, he barely able to get up, but, unlike them, he had made up his mind not to get up. He had a vague feeling of impending doom. This had been strong upon him when he pulled in to the bank, and it had not departed from him. What of the thin and rotten ice he had felt under his feet all day, it seemed that he sensed disaster close at hand, out there ahead on the ice where his master was trying to drive him. He refused to stir. So greatly had he suffered, and so far gone was he, that the blows did not hurt much. And as they

Thornton schliff den Axtgriff weiter. Es war zu mühsam, das wusste er, einen Idioten von seinem Unsinn abzuhalten. Zwei oder drei Trottel mehr oder weniger würden die Welt nicht ändern.

Doch das Gespann blieb nach dem Befehl einfach liegen. Lange schon waren sie in dem Zustand, dass nur Schläge sie wecken konnten. Die Peitsche rasselte überall gnadenlos mit ihren Botschaften auf sie nieder. John Thornton presste seine Lippen zusammen. Sol-leks war der Erste, der auf seine Beine kroch. Teek folgte. Joe kam voller Schmerz aufheulend als nächster. Pike mühte sich redlich. Zwei Mal fiel er auf halbem Wege nach oben um und erst beim dritten Versuch fand er in den Stand. Buck gab sich keine Mühe. Er lag nur ruhig da, wo er gefallen war. Die Peitsche biss ihn wieder und wieder, doch weder jammerte er, noch kämpfte er dagegen an. Mehrere Male hob Thornton zu sprechen an, doch ließ es bleiben. Tränen stiegen in seine Augen, und, als die Schläge weitergingen, stand er schließlich auf und hastete unentschlossen auf und ab.

Es war das erste Mal, dass Buck versagte, und dies war für sich schon ein Grund, Hal in Raserei zu versetzen. Der legte die Peitsche beiseite und nahm einen Knüppel zur Hand. Unter dem Regen von Schlägen, die nun auf ihn eindroschen, weigerte sich Buck beharrlich aufzustehen. Seine Kollegen hatte alle Not, in den Stand zu kommen, doch im Gegensatz zu ihnen, hatte er den Entschluss gefasst, liegen zu bleiben. Das vage Gefühl seines bevorstehenden Untergangs dämmerte in ihm auf. Es war stark geworden auf dem Weg in dieses Lager und wollte nicht mehr weichen. Was seine Füße auf dem dünnen, knackendem Eis den ganzen Tag schon geahnt hatten, nun spürte er das nahe Unheil, das ihn auf dem Eis da draußen erwartete, auf das ihn sein Gebieter schicken wollte. So blieb er einfach liegen. So sehr er auch litt, die Schläge waren weit weg und konnten ihm kaum noch schaden. Und

continued to fall upon him, the spark of life within flickered and went down. It was nearly out. He felt strangely numb. As though from a great distance, he was aware that he was being beaten. The last sensations of pain left him. He no longer felt anything, though very faintly he could hear the impact of the club upon his body. But it was no longer his body, it seemed so far away.

And then, suddenly, without warning, uttering a cry that was inarticulate and more like the cry of an animal, John Thornton sprang upon the man who wielded the club. Hal was hurled backward, as though struck by a failing tree. Mercedes screamed. Charles looked on wistfully, wiped his watery eyes, but did not get up because of his stiffness.

John Thornton stood over Buck, struggling to control himself, too convulsed with rage to speak.

„If you strike that dog again, I'll kill you," he at last managed to say in a choking voice.

„It's my dog," Hal replied, wiping the blood from his mouth as he came back. „Get out of my way, or I'll fix you. I'm going to Dawson."

Thornton stood between him and Buck, and evinced no intention of getting out of the way. Hal drew his long hunting-knife. Mercedes screamed, cried, laughed, and manifested the chaotic abandonment of hysteria. Thornton rapped Hal's knuckles with the axe-handle, knocking the knife to the ground. He rapped his knuckles again as he tried to pick it up. Then he stooped, picked it up himself, and with two strokes cut Buck's traces.

Hal had no fight left in him. Besides, his hands were full with his sister, or his arms, rather; while Buck was too near dead to be of further use in hauling the

während sie auf ihn niederrasselten, flackerte sein Lebensfunken immer schwächer auf. Fast aus war er. Er fühlte sich seltsam betäubt. Wie aus einer großen Entfernung wurde er sich dumpf bewusst, dass er geschlagen wurde. Der Schmerz konnte ihn nicht mehr erreichen. Er konnte nichts mehr fühlen, so weit entfernt riefen die Signale des Knüppels in seinem Körper. Es war nicht mehr sein Körper, denn wie es schien war er weit weg.

Und dann, ganz plötzlich, ohne jegliche Vorwarnung, schrie jemand auf, unartikuliert, fast wie der Schrei eines Tieres, und John Thornton sprang auf den Mann zu, der den Knüppel geführt hatte. Hal schleuderte rückwärts, als hätte ihn ein umstürzender Baum getroffen. Mercedes schrie. Charles sah wehmütig zu, wischte sich die Tränen aus den Augen, doch blieb sitzen, weil ihn seine steifen Glieder plagten.

John Thornton stand kampfbereit über Hal und vor lauter Wut versagte ihm die Stimme.

»Wenn du den Hund noch ein Mal schlägst, töte ich dich«, brachte er schließlich mit erstickender Stimme hervor.

»Das ist mein Hund«, erwiderte Hal und wischte sich Blut von seinem Mund, während er sich erhob. »Geh mir aus dem Weg, sonst wirst du gefesselt. Ich will nach Dawson.«

Thornton bäumte sich zwischen ihm und Buck auf und machte keine Anstalten, aus dem Weg zu gehen. Hal griff nach seinem langen Jagdmesser. Mercedes schrie, weinte, lachte und brachte damit das Chaos und die gewärtige Hysterie zum Ausdruck. Thornton schlug mit dem Axtgriff Hals Hand nieder und das Messer fiel zu Boden. Als der versuchte, es wieder aufzuheben, traf ihn erneut ein Schlag auf die Hand. Dann bückte er sich, hob das Messer auf und schnitt Buck mit zwei kräftigen Zügen aus den Riemen.

Hal gab seinen Widerstand auf. Mit seiner Schwester, die halb ohnmächtig in seinen Armen lag, hatte er genug zu schaffen; während Buck dem Tode nahe war und sich nicht

sled. A few minutes later they pulled out from the bank and down the river. Buck heard them go and raised his head to see, Pike was leading, Sol-leks was at the wheel, and between were Joe and Teek. They were limping and staggering. Mercedes was riding the loaded sled. Hal guided at the gee-pole, and Charles stumbled along in the rear.

As Buck watched them, Thornton knelt beside him and with rough, kindly hands searched for broken bones. By the time his search had disclosed nothing more than many bruises and a state of terrible starvation, the sled was a quarter of a mile away. Dog and man watched it crawling along over the ice. Suddenly, they saw its back end drop down, as into a rut, and the gee-pole, with Hal clinging to it, jerk into the air. Mercedes's scream came to their ears. They saw Charles turn and make one step to run back, and then a whole section of ice give way and dogs and humans disappear. A yawning hole was all that was to be seen. The bottom had dropped out of the trail.

John Thornton and Buck looked at each other.

„You poor devil," said John Thornton, and Buck licked his hand.

CHAPTER 6
For the Love of a Man

When John Thornton froze his feet in the previous December his partners had made him comfortable and left him to get well, going on themselves up the river to get out a raft of saw-logs for Dawson. He was still limping slightly at the time he rescued Buck, but with the continued warm weather even the slight limp left him. And here, lying by the riverbank through the

mehr dazu eignete, den Schlitten zu ziehen. So verließen sie wenige Minuten darauf das Lager und zogen den Fluss hinunter. Buck hörte sie gehen und hob den Kopf, Pike führte, Sol-leks war am Steuer und zwischen den beiden waren Joe und Teek. Sie hinkten und schwankten. Mercedes ritt den beladenen Schlitten. Hal führte die Lenkstange und Charles stolperte hinter dem Schlitten her.

Während Buck ihnen nachsah, kniete Thornton neben ihm nieder und suchte mit seinen rauen, behutsamen Händen nach Knochenbrüchen. Doch er fand nichts als unzählige blaue Flecke und die Spuren des nagenden Hungers, der Schlitten war da schon eine Viertelmeile entfernt. Sie sahen, wie das Gespann über das Eis kroch. Plötzlich brach hinter ihnen eine Furche und der Schlitten, an den sich Hal klammerte, stellte sich steil in der Luft auf. Man konnte den Aufschrei von Mercedes hören. Und dann sahen sie, wie sich Charles umdrehte und einen Schritt zurücklief, wie das Eis barst und Hunde und Menschen verschwanden. Ein gähnendes Loch war alles, was geblieben war. Ihre Spuren hatte der Boden verschluckt.

John Thornton und Buck sahen einander an.

»Du armer Teufel«, sagte John Thornton und Buck leckte ihm die Hand.

KAPITEL 6

Für die Liebe eines Menschen

John Thornton hatte sich im vergangenen Dezember die Füße erfroren, während seine Gefährten mit Schachtholz den Fluss hinauf nach Dawson zogen, hatten sie ihn gut versorgt zurückgelassen. Er hinkte immer noch leicht, als er Buck gerettet hatte, doch bei dem warmen Wetter erholten sich seine Füße recht bald. Und hier lag Buck die langen Frühlingstage über am Flussufer, schaute dem fließenden

long spring days, watching the running water, listening lazily to the songs of birds and the hum of nature, Buck slowly won back his strength.

A rest comes very good after one has travelled three thousand miles, and it must be confessed that Buck waxed lazy as his wounds healed, his muscles swelled out, and the flesh came back to cover his bones. For that matter, they were all loafing, — Buck, John Thornton, and Skeet and Nig, — waiting for the raft to come that was to carry them down to Dawson. Skeet was a little Irish setter who early made friends with Buck, who, in a dying condition, was unable to resent her first advances. She had the doctor trait, which some dogs possess; and as a mother cat washes her kittens, so she washed and cleansed Buck's wounds. Regularly, each morning after he had finished his breakfast, she performed her self-appointed task, till he came to look for her ministrations as much as he did for Thornton's. Nig, equally friendly, though less demonstrative, was a huge black dog, half bloodhound and half deerhound, with eyes that laughed and a boundless good nature.

To Buck's surprise these dogs manifested no jealousy toward him. They seemed to share the kindliness and largeness of John Thornton. As Buck grew stronger they enticed him into all sorts of ridiculous games, in which Thornton himself could not forbear to join; and in this fashion Buck romped through his convalescence and into a new existence. Love, genuine passionate love, was his for the first time. This he had never experienced at Judge Miller's down in the sun-kissed Santa Clara Valley. With the Judge's sons, hunting and tramping, it had been a working partnership; with the Judge's grandsons, a sort of pompous guardianship; and with the Judge himself,

Wasser zu, lauschte dösend den Liedern der Vögel und dem Summen der Natur und gewann allmählich seine Kräfte wieder.

Nachdem er dreitausend Meilen gereist war, erholte er sich, und es muss erwähnt werden, dass seine Wunden vernarbten, seine Muskeln anschwollen und sich wieder Fleisch vor seinen Rippen abzeichnete. So gesehen waren sie alle Müßiggänger – Buck, John Thornton und Skeet und Nig –, sie warteten auf das Floß, das sie nach Dawson den Fluss hinuntertragen würde. Skeet war eine irische Setterin, die schon Freundschaft mit Buck geschlossen hatte, als er noch halb tot und kaum in der Lage war, ihre ersten Annäherungsversuche wahrzunehmen. Sie hatte heilende Kräfte, eine Eigenschaft, die Hunde bisweilen besitzen; und wie eine Mutter ihre Kätzchen wäscht, wusch sie Buck und leckte ihm die Wunden. Regelmäßig jeden Morgen, nachdem er sein Frühstück beendet hatte, begann sie mit ihrer selbst erwählten Aufgabe, bis er ihre liebevolle Fürsorge genauso sehr schätzte wie die von John Thornton. Nig, ebenso freundlich, wenn auch nicht so aktiv, war ein großer schwarzer Hund, halb Dogge, halb Hirschhund, mit lachenden Augen, die eine grenzenlose Gutmütigkeit verrieten.

Zu Bucks Überraschung kam keine Eifersucht zwischen den Hunden auf. Die Liebenswürdigkeit und den Großmut von John Thronton schienen alle miteinander zu teilen. Als Buck kräftiger wurde, verführten sie ihn zu allerlei lustigen Spielchen, an denen sich Thornton vergnügt beteiligte; und auf diese Weise tummelte sich Buck durch die Erholungszeit und begann ein neues Leben. Zum ersten Mal begegnete er der Liebe, echter leidenschaftlicher Liebe. Auch bei Richter Miller im sonnenverwöhnten Tal von Santa Clara hatte er sie nie erlebt. Mit den Söhnen des Richters, die er zur Jagd und ihren Abenteuern begleitete, gab es eine Art Partnerschaft; mit des Richters Enkeln war es eine Art feierlicher

a stately and dignified friendship. But love that was feverish and burning, that was adoration, that was madness, it had taken John Thornton to arouse.

This man had saved his life, which was something; but, further, he was the ideal master. Other men saw to the welfare of their dogs from a sense of duty and business expediency; he saw to the welfare of his as if they were his own children, because he could not help it. And he saw further. He never forgot a kindly greeting or a cheering word, and to sit down for a long talk with them („gas“ he called it) was as much his delight as theirs. He had a way of taking Buck's head roughly between his hands, and resting his own head upon Buck's, of shaking him back and forth, the while calling him ill names that to Buck were love names. Buck knew no greater joy than that rough embrace and the sound of murmured oaths, and at each jerk back and forth it seemed that his heart would be shaken out of his body so great was its ecstasy. And when, released, he sprang to his feet, his mouth laughing, his eyes eloquent, his throat vibrant with unuttered sound, and in that fashion remained without movement, John Thornton would reverently exclaim, „God! you can all but speak!“
Buck had a trick of love expression that was akin to hurt. He would often seize Thornton's hand in his mouth and close so fiercely that the flesh bore the impress of his teeth for some time afterward. And as Buck understood the oaths to be love words, so the man understood this feigned bite for a caress.
For the most part, however, Buck's love was expressed in adoration. While he went wild with happiness when Thornton touched him or spoke to him, he did

Vormundschaft; und mit dem Richter selbst verband ihn eine hingebungsvolle Freundschaft. Aber Liebe, fiebrig und brennend und voller Anbetung und Verrücktheit, die hatte erst John Thornton in ihm geweckt.

Dieser Mann hatte ihm das Leben gerettet, das war richtig; doch darüber hinaus war er auch ein idealer Meister. Die anderen Männer betrachteten das Wohlergeben ihrer Hunde mit Pflichtgefühl und geschäftsmäßiger Zweckmäßigkeit; er aber sah auf das Wohl seiner Hunde, als wären sie seine eigenen Kinder, er konnte gar nicht anders. Und er ging noch weiter. Nie vergaß er, freundlich mit ihnen zu reden, und häufig setzte er sich in ihren Kreis und schwang lange Reden (»Schwatz« nannte er es), was ihnen allen so sehr gefiel. Er hatte eine besondere Art, Bucks Kopf wild zwischen seine Hände zu packen und seinen eigenen Kopf auf seinen ruhen zu lassen, und ihn hin und her zu schütteln, während er ihn mit zärtlichen Schimpfnamen anrief. Buck kannte keine größere Freude als diese rauen Umarmungen und den Klang der gemurmelten Eide und bei jedem Ruck hin und her schien es ihm, als würde ihm sein Herz aus der Brust springen, so groß war sein Entzücken. Und wenn er freikam, sprang er auf, lachte mit beredten Augen, in seiner Kehle vibrierten unverständliche Töne und in dieser Stellung hielt er sich reglos, bis John Thornton ehrfürchtig ausrief: »Guter Gott! Wenn du doch nur sprechen könntest!«

Buck hatte seine eigene Weise, seine Liebe zu erweisen. Er nahm die Hand Thorntons ins Maul und schloss es so kräftig, dass sich für einige Zeit seine Zähne in seiner Haut abzeichneten. Buck verstand Thorntons Schimpfnamen als Kosenamen und genauso nahm der Mann seine vorgetäuschten Bisse als Liebkosungen an.

Wie auch immer, Bucks Liebe drückte sich meist durch Anbetung aus. Er tobte vor Glück, wenn ihn Thornton berührte oder mit ihm sprach, doch führte er diese Bekun-

not seek these tokens. Unlike Skeet, who was wont to shove her nose under Thornton's hand and nudge and nudge till petted, or Nig, who would stalk up and rest his great head on Thornton's knee, Buck was content to adore at a distance. He would lie by the hour, eager, alert, at Thornton's feet, looking up into his face, dwelling upon it, studying it, following with keenest interest each fleeting expression, every movement or change of feature. Or, as chance might have it, he would lie farther away, to the side or rear, watching the outlines of the man and the occasional movements of his body. And often, such was the communion in which they lived, the strength of Buck's gaze would draw John Thornton's head around, and he would return the gaze, without speech, his heart shining out of his eyes as Buck's heart shone out.

For a long time after his rescue, Buck did not like Thornton to get out of his sight. From the moment he left the tent to when he entered it again, Buck would follow at his heels. His transient masters since he had come into the Northland had bred in him a fear that no master could be permanent. He was afraid that Thornton would pass out of his life as Perrault and Francois and the Scotch half-breed had passed out. Even in the night, in his dreams, he was haunted by this fear. At such times he would shake off sleep and creep through the chill to the flap of the tent, where he would stand and listen to the sound of his master's breathing.

But in spite of this great love he bore John Thornton, which seemed to bespeak the soft civilizing influence, the strain of the primitive, which the Northland had aroused in him, remained alive and active. Faithfulness and devotion, things born of fire and roof, were his; yet he retained his wildness and wiliness. He was

dungen nicht absichtlich herbei. Im Gegensatz zu Skeet, der gewohnt war, seine Nase unter Thorntons Hand zu schieben, und puffte und puffte, bis er gestreichelt wurde, oder Nig, der sich anschlich und seinen großen Kopf ruhig auf Thorntons Knie legte, war Buck zufrieden, ihn aus der Entfernung zu verehren. Er würde Stunde für Stunde zu Thorntons Füßen liegen, treu und aufmerksam und ruhig hinauf in sein Gesicht blicken und es studieren, jedem Ausdruck mit scharfem Interesse folgend und jeder Bewegung und jeder kleinsten Veränderung. Und wenn es sich so ergab, dass er ihn seitlich oder mit dem Rücken zugewandt stand, betrachtete er die Konturen des Mannes und achtete auf jede kleinste Bewegung seines Körpers. Und oft, so groß war ihre gegenseitige Zuneigung, spürte Thornton Bucks starke Blicke, drehte sich wortlos um und ihre leuchtenden Augen begegneten sich in stummer Zärtlichkeit.

Eine lange Zeit nach seiner Rettung ließ Buck Thornton kaum noch aus den Augen. Von dem Moment an, wo er das Zelt verließ, bis er es wieder betrat, folgte ihm Buck auf den Fersen. Seit er in das Nordland gekommen war, hatte er erfahren, dass kein Herr für immer bleiben würde, und dies machte ihm Angst. Er hatte Angst, dass Thornton aus seinem Leben verschwinden würde, so wie es bei Perrault, François und dem schottischen Halbblut gewesen war. Auch in der Nacht, in seinen Träumen, verfolgte ihn diese Angst. Wenn dies geschah, erwachte er, kroch durch die Kälte zum Eingang des Zeltes und horchte nach dem Atem seines Herrn.

Trotz dieser großen Liebe, die er John Thornton entgegenbrachte, die von seinem sorglosen zivilen Leben zeugte, lebte in ihm das Urwüchsige weiter, das das Nordland in ihm erweckte hatte. Treue und Hingabe, das behütete Leben am Feuer gehörten zu ihm; doch auch seine Wildheit und seine Raffinesse behielt er bei. Er war ein Wesen der Wildnis, das

a thing of the wild, come in from the wild to sit by John Thornton's fire, rather than a dog of the soft Southland stamped with the marks of generations of civilization. Because of his very great love, he could not steal from this man, but from any other man, in any other camp, he did not hesitate an instant; while the cunning with which he stole enabled him to escape detection.

His face and body were scored by the teeth of many dogs, and he fought as fiercely as ever and more shrewdly. Skeet and Nig were too good-natured for quarrelling, — besides, they belonged to John Thornton; but the strange dog, no matter what the breed or valor, swiftly acknowledged Buck's supremacy or found himself struggling for life with a terrible antagonist. And Buck was merciless. He had learned well the law of club and fang, and he never forewent an advantage or drew back from a foe he had started on the way to Death. He had lessoned from Spitz, and from the chief fighting dogs of the police and mail, and knew there was no middle course. He must master or be mastered; while to show mercy was a weakness. Mercy did not exist in the primordial life. It was misunderstood for fear, and such misunderstandings made for death. Kill or be killed, eat or be eaten, was the law; and this mandate, down out of the depths of Time, he obeyed.

He was older than the days he had seen and the breaths he had drawn. He linked the past with the present, and the eternity behind him throbbed through him in a mighty rhythm to which he swayed as the tides and seasons swayed. He sat by John Thornton's fire, a broad-breasted dog, white-

aus der Wildnis kam, um sich zu John Thornton an das Feuer zu gesellen, er war nicht mehr wie die verweichlichten Hunde aus dem Südland, die über viele, in der Zivilisation lebende Generationen hinweg geprägt worden waren. Wegen seiner großen Liebe für ihn konnte er diesen Mann nicht bestehlen, aber bei jedem anderen Mann in irgendeinem anderen Lager würde er keinen Augenblick zögern; und durch die List, mit der er stahl, entkam er jeglicher Verdächtigung.

Sein Gesicht und sein Körper waren von den Zähnen vieler Hunde gezeichnet worden, doch er kämpfte so wild wie eh und je und noch geschickter. Skeet und Nig waren zu gutmütig für Streitereien – außerdem gehörten sie zu John Thornton; aber fremde Hunde, egal welcher Rasse oder Tapferkeit mussten bald die Überlegenheit Bucks anerkennen oder sie fanden sich in einem Kampf auf Tod oder Leben einem schrecklichen Gegner gegenüber. Und Buck war ohne Gnade. Er hatte das Gesetz von Knüppel und Zähnen verinnerlicht und er verzichtete nie auf seinen Vorteil oder zog sich von einem Feind zurück, der den Pfad des Sterbens betreten hatte. Er hatte von Spitz gelernt und von den Kampfhunden der Polizei und Post und er wusste, dass es keinen Mittelweg gab. Entweder musste er herrschen oder beherrscht werden; Barmherzigkeit zu zeigen, war eine grobe Entgleisung. Gnade existierte nicht im vorzeitlichen Leben. Sie wurde als Angst missverstanden, und wer solche Missverständnisse beging, war dem Tode geweiht. Töten oder getötet werden, fressen oder gefressen werden, das war das Gesetz; und diesem Mandat aus der Tiefe der Zeit ergab er sich.

Er war älter als alle Tage, die er erlebt, und Atemzüge, die er geatmet hatte. Er verband die Vergangenheit mit der Gegenwart, und die Ewigkeit, die er nach sich zog, pulsierte in ihm in einem mächtigen Rhythmus, in dem er wie die Gezeiten und Jahreszeiten mitschwankte. Er saß mit John Thornton am Feuer, ein Hund mit breiter Brust, mit

fanged and long-furred; but behind him were the shades of all manner of dogs, half-wolves and wild wolves, urgent and prompting, tasting the savor of the meat he ate, thirsting for the water he drank, scenting the wind with him, listening with him and telling him the sounds made by the wild life in the forest, dictating his moods, directing his actions, lying down to sleep with him when he lay down, and dreaming with him and beyond him and becoming themselves the stuff of his dreams.

So peremptorily did these shades beckon him, that each day mankind and the claims of mankind slipped farther from him. Deep in the forest a call was sounding, and as often as he heard this call, mysteriously thrilling and luring, he felt compelled to turn his back upon the fire and the beaten earth around it, and to plunge into the forest, and on and on, he knew not where or why; nor did he wonder where or why, the call sounding imperiously, deep in the forest. But as often as he gained the soft unbroken earth and the green shade, the love for John Thornton drew him back to the fire again.

Thornton alone held him. The rest of mankind was as nothing. Chance travelers might praise or pet him; but he was cold under it all, and from a too demonstrative man he would get up and walk away. When Thornton's partners, Hans and Pete, arrived on the long-expected raft, Buck refused to notice them till he learned they were close to Thornton; after that he tolerated them in a passive sort of way, accepting favors from them as though he favored them by accepting. They were of the same large type as Thornton, living close to the earth, thinking simply and seeing clearly;

weißen Zähnen und langem Fell; doch die Schatten aller Arten von Hunden, Halbblütern und wilden Wölfen klebten aufdringlich und fordernd an ihm und sie schmeckten den Geschmack des Fleisches, das er fraß, dürsteten nach dem Wasser, das er trank, witterten den Wind mit ihm, sie lauschten mit ihm und erzählten ihm von den Klängen, die das wilde Leben im Wald tönte, sie diktierten ihm seine Launen, leiteten seine Taten, begaben sich mit ihm zum Schlafen, wenn er sich niederlegte, und träumten mit ihm und erschienen ihm in seinen Träumen.

Immer gebieterischer drängten sich Buck diese Schatten auf, dass die Menschen und die Ansprüche der Menschen an ihn immer weiter von ihm wegrückten. Aus der Tiefe des Waldes erklang ein Ruf und so oft er diesen Ruf vernahm, ein Mysterium, das ihn spannte und verlockte, spürte er den Drang in sich, diesem Feuer und der zerstampften Erde um sich den Rücken zu kehren und in den Wald zu stürzen, bis er nicht mehr wusste, wieso und weshalb und wo er sich befand; doch noch wunderte er sich warum und woher diese herrischen Rufe tief aus dem Wald zu ihm gelangten. Und sobald er die weiche, unberührte Erde betrat und den grünen Schatten des Waldes erreichte, zog ihn die Liebe zu John Thornton wieder ans Feuer zurück.

Nur Thornton allein hielt ihn noch. Der Rest der Menschheit interessierte ihn nicht mehr. Besucher konnten ihn loben und streicheln; das ließ ihn alles in allem kalt, und wenn einer zu aufdringlich wurde, stand er einfach auf und ging fort. Als die lang erwarteten Partner Thorntons, Hans und Pete, auf einem Floß erschienen, wollte er sie zunächst nicht anerkennen, bis er lernte, dass sie zu Thornton gehörten; danach duldete er sie auf eine recht passive Weise und ließ sie mit ihren Gefälligkeiten gewähren, als ob er ihnen damit eine besondere Gnade gestatten wollte. Sie waren vom gleichen Schlage wie Thornton, waren bodenständig, dachten einfach

and ere they swung the raft into the big eddy by the saw-mill at Dawson, they understood Buck and his ways, and did not insist upon an intimacy such as obtained with Skeet and Nig.

For Thornton, however, his love seemed to grow and grow. He, alone among men, could put a pack upon Buck's back in the summer travelling. Nothing was too great for Buck to do, when Thornton commanded. One day (they had grub-staked themselves from the proceeds of the raft and left Dawson for the head-waters of the Tanana) the men and dogs were sitting on the crest of a cliff which fell away, straight down, to naked bedrock three hundred feet below. John Thornton was sitting near the edge, Buck at his shoulder. A thoughtless whim seized Thornton, and he drew the attention of Hans and Pete to the experiment he had in mind. „Jump, Buck!“ he commanded, sweeping his arm out and over the chasm. The next instant he was grappling with Buck on the extreme edge, while Hans and Pete were dragging them back into safety.

„It's uncanny,“ Pete said, after it was over and they had caught their speech.

Thornton shook his head. „No, it is splendid, and it is terrible, too. Do you know, it sometimes makes me afraid.“

„I'm not hankering to be the man that lays hands on you while he's around,“ Pete announced conclusively, nodding his head toward Buck.

„Py Jingo!“ was Hans's contribution. „Not mineself either.“

It was at Circle City, ere the year was out, that Pete's apprehensions were realized. „Black“ Burton, a man evil-tempered and malicious, had been picking a quarrel with a tenderfoot at the bar, when Thornton

und sahen klar; und noch ehe sie ihr Floß in den wirbelnden
Fluss schwangen, der Sägemühle nach Dawson zu, verstanden sie Buck und seine Eigenarten und bestanden nicht auf
die gleichen Intimitäten, die sie von Skeet und Nig erfuhren.
Wie auch immer, seine Liebe zu Thornton schien zu wachsen und zu wachsen. Er unter all den Menschen allein
durfte Buck während ihrer Sommerreise Gepäck aufladen.
Nichts war ihm zu schwer, wenn Thornton es gebot. Eines Tages (sie hatten ihr Floß versetzt und Dawson über
den Oberlauf des Tanana verlassen) ließen sich die Männer und die Hunde auf dem Kamm einer Klippe nieder,
die über neunzig Meter senkrecht auf ein nacktes Bett aus
Stein abfiel. John Thornton saß nahe an der Kante, Buck
an seiner Seite. Von einer Laune ergriffen, bat Thornton
Hans und Pete um seine Aufmerksamkeit für ein Experiment, das ihm im Sinne lag. »Spring, Buck!«, befahl er
und streckte seinen Arm über den Abgrund. Im nächsten
Augenblick hielt er Buck und kämpfte gegen den Absturz,
während Hans und Pete alle Mühe hatten, sie in Sicherheit zurückzuziehen.
»Das ist unheimlich«, sagte Pete, als es vorbei war und er
seine Sprache wiedergefunden hatte.
Thornton schüttelte den Kopf. »Nein, es ist wundervoll,
und unheimlich ist es auch. Weißt du, das macht mir
manchmal Angst.«
»Ich will nicht der Mann sein, der die Hand an dich legt,
wenn er in der Nähe ist«, meinte Pete und warf seinen Kopf
in Richtung Buck.
»Oh mein Gott!«, stimmte Hans bei, »ich auch nicht!«

Es war in Circle City am Ende des Sommers, als sich die
Befürchtung von Pete bewahrheiten sollten. Black Burton,
ein übellauniger, bösartiger Mann, hatte in einer Bar einen
Streit mit einem Neuling angezettelt und Thornton war

stepped good-naturedly between. Buck, as was his custom, was lying in a corner, head on paws, watching his master's every action. Burton struck out, without warning, straight from the shoulder. Thornton was sent spinning, and saved himself from falling only by clutching the rail of the bar.

Those who were looking on heard what was neither bark nor yelp, but a something which is best described as a roar, and they saw Buck's body rise up in the air as he left the floor for Burton's throat. The man saved his life by instinctively throwing out his arm, but was hurled backward to the floor with Buck on top of him. Buck loosed his teeth from the flesh of the arm and drove in again for the throat. This time the man succeeded only in partly blocking, and his throat was torn open. Then the crowd was upon Buck, and he was driven off; but while a surgeon checked the bleeding, he prowled up and down, growling furiously, attempting to rush in, and being forced back by an array of hostile clubs. A „miners' meeting,“ called on the spot, decided that the dog had sufficient provocation, and Buck was discharged. But his reputation was made, and from that day his name spread through every camp in Alaska.

Later on, in the fall of the year, he saved John Thornton's life in quite another fashion. The three partners were lining a long and narrow poling-boat down a bad stretch of rapids on the Forty-Mile Creek. Hans and Pete moved along the bank, snubbing with a thin Manila rope from tree to tree, while Thornton remained in the boat, helping its descent by means of a pole, and shouting directions to the shore. Buck, on the bank, worried and anxious, kept abreast of the boat, his eyes never off his master.

beschwichtigend zwischen sie getreten. Buck kauerte mit dem Kopf, wie es seine Gewohnheit war, in einer Ecke auf seinen Pfoten und beobachtete jede Aktion seines Herrn. Ohne Vorwarnung schlug Burton auf Thornton ein. Thornton wirbelte herum und konnte sich gerade noch an einem Pfeiler der Bar vor dem Sturz retten.

Was die Anwesenden nun vernahmen, war weder Bellen noch Jaulen, sondern etwas, das sich am ehesten mit höllischem Gebrüll beschreiben ließ, und sie sahen, wie Buck durch die Luft schoss, um Burton bei der Kehle zu packen. Der Mann konnte sein Leben nur dadurch retten, dass er sich instinktiv mit dem Arm beschützte, und er schleuderte mit Buck nach hinten auf den Boden. Buck löste seine Zähne aus dem Arm des Mannes und drängte erneut nach seiner Kehle. Dieses Mal gelang es ihm nicht ganz, Buck fernzuhalten, und sein Hals war aufgeschlitzt. Dann warf sich die Menge dazwischen und trieb Buck von seinem Gegner weg; während ein Arzt die Blutung stillte, schlich er auf und ab, knurrte wütend und versuchte, erneut anzugreifen, und nur eine Reihe feindlicher Knüppel hielt ihn davon ab. Ein Schiedsgericht an Ort und Stelle entschied schließlich, dass der Hund provoziert wurde, und Buck entkam. Aber sein Ruf war gemacht und sein Name verbreitete sich und schallte von diesem Tage an durch alle Lager Alaskas.

Später, im Herbst dieses Jahres, rettete er John Thornton auf ganz andere Weise das Leben. Die drei Partner zogen auf einem langen und schmalen Boot eine üble Strecke voller Stromschnellen den Vierzig-Meilen-Fluss hinunter. Hans und Pete gingen mit einem dünnen Schiffstau von Baum zu Baum am Ufer entlang, während Thornton im Boot blieb und mit einer langen Stange um die Felsen manövrierte. Buck lief ängstlich und besorgt am Ufer entlang, hielt immer gleiche Höhe mit dem Boot und ließ seine Augen nie von seinem Herrn.

At a particularly bad spot, where a ledge of barely submerged rocks jutted out into the river, Hans cast off the rope, and, while Thornton poled the boat out into the stream, ran down the bank with the end in his hand to snub the boat when it had cleared the ledge. This it did, and was flying down-stream in a current as swift as a millrace, when Hans checked it with the rope and checked too suddenly. The boat flirted over and snubbed in to the bank bottom up, while Thornton, flung sheer out of it, was carried down-stream toward the worst part of the rapids, a stretch of wild water in which no swimmer could live.

Buck had sprung in on the instant; and at the end of three hundred yards, amid a mad swirl of water, he overhauled Thornton. When he felt him grasp his tail, Buck headed for the bank, swimming with all his splendid strength. But the progress shoreward was slow; the progress down-stream amazingly rapid. From below came the fatal roaring where the wild current went wilder and was rent in shreds and spray by the rocks, which thrust through like the teeth of an enormous comb. The suck of the water as it took the beginning of the last steep pitch was frightful, and Thornton knew that the shore was impossible. He scraped furiously over a rock, bruised across a second, and struck a third with crushing force. He clutched its slippery top with both hands, releasing Buck, and above the roar of the churning water shouted: „Go, Buck! Go!“

Buck could not hold his own, and swept on down-stream, struggling desperately, but unable to win back. When he heard Thornton's command repeated, he partly reared out of the water, throwing his head high, as though for a last look, then turned obedi-

An einer besonders schwierigen Stelle, wo ein Felsvorsprung in den Fluss hinausragte, gab Hans mit dem Seil nach, damit Thornton das Boot mit dem Stab auf den Strom staken konnte, und Hans rannte mit dem Ende des Seils in der Hand am Ufer entlang, um das Boot nach dem Felsen wieder einzuholen. Das tat es und flog stromabwärts so schnell wie in einem Mühlbach, als Hans es einholte, aber zu stark an dem Seil zog. Das Boot kenterte und stieß mit dem Kopf voran dem Ufer entgegen, während Thornton ins Wasser schleuderte und stromabwärts trieb, dem unheilvollsten Teil der Stromschnellen entgegen, einer Strecke wilden Wassers, die noch kein Schwimmer lebend bezwungen hatte.

Im selben Augenblick sprang Buck in den Fluss; und nach dreihundert Metern, inmitten eines wirren Wirbels von Wasser, holte er Thornton ein. Als dieser sich an seinem Schwanz festgeklammert hatte, begann er mit all seiner herrlichen Kraft dem Ufer zuzuschwimmen. Aber sie kamen dem Land nur langsam entgegen; während sie rasend schnell weiter stromabwärts getrieben wurden. Sie kamen einem Brausen näher und näher, wo der wilde Strom noch wilder und von Felsen in Stücke gerissen wurde, Felsen, die wie die Zähne eines riesigen Kamms aus dem Wasser stachen. Der Wassersog war unbarmherzig, als sie in das nächste Gefälle gerieten, und Thornton wusste, dass sie unmöglich das Ufer erreichen konnten. Er wurde wild über einen Felsen getrieben, an einem zweiten vorbeigequetscht und an einen dritten geworfen. Er klammerte sich an den glitschen Felsen, gab Buck frei und brüllte ihm durch das tobende Wasser zu: »Vorwärts, Buck! Go!«

Buck konnte sich selbst nicht festhalten, trieb verzweifelt dagegen ankämpfend stromabwärts, doch war nicht mehr in der Lage, zurückzukommen. Als Thornton seinen Befehl erneuerte, richtete er sich halb im Wasser auf und warf seinen Kopf in die Höhe, als wäre es der letzte Blick auf

ently toward the bank. He swam powerfully and was dragged ashore by Pete and Hans at the very point where swimming ceased to be possible and destruction began.

They knew that the time a man could cling to a slippery rock in the face of that driving current was a matter of minutes, and they ran as fast as they could up the bank to a point far above where Thornton was hanging on. They attached the line with which they had been snubbing the boat to Buck's neck and shoulders, being careful that it should neither strangle him nor impede his swimming, and launched him into the stream. He struck out boldly, but not straight enough into the stream. He discovered the mistake too late, when Thornton was abreast of him and a bare half-dozen strokes away while he was being carried helplessly past.

Hans promptly snubbed with the rope, as though Buck were a boat. The rope thus tightening on him in the sweep of the current, he was jerked under the surface, and under the surface he remained till his body struck against the bank and he was hauled out. He was half drowned, and Hans and Pete threw themselves upon him, pounding the breath into him and the water out of him. He staggered to his feet and fell down. The faint sound of Thornton's voice came to them, and though they could not make out the words of it, they knew that he was in his extremity. His master's voice acted on Buck like an electric shock. He sprang to his feet and ran up the bank ahead of the men to the point of his previous departure.

Again the rope was attached and he was launched, and again he struck out, but this time straight into the stream. He had miscalculated once, but he would

seinen Herr, und schwamm dann folgsam dem Ufer entgegen. Er schwamm mit ganzen Kräften und wurde von Pete und Hans an Land gezogen, an der Stelle, an der die wilde Zerstörung begann.

Sie wussten, es war nur eine Sache von Minuten, in der sich ein Mann inmitten eines reißenden Stromes an einem glitschigen Felsen festhalten konnte, sie liefen, so schnell sie konnten, ans Ufer oberhalb der Stelle, wo Thornton am Felsen hing. Sie nahmen das Tau, mit dem sie das Boot geführt hatten, und banden es um Bucks Hals und seine Schultern und achteten darauf, dass er weder gewürgt, noch beim Schwimmen gehindert wurde, und ließen ihn in den Strom. Er schwamm kühn, aber zu schräg hinein. Als er den Fehler entdeckte, war es zu spät, und als Thornton neben ihm auftauchte, war er ein halbes Dutzend Längen von ihm entfernt, während er wie beim letzten Mal hilflos fortgerissen wurde.

Hans holte mit ganzer Kraft das Seil ein, als ob Buck ein Boot wäre. Das Seil zog so fest an ihm, dass er unter die Wasseroberfläche gesogen wurde und unter Wasser blieb, bis sein Körper am Ufer anschlug und er herauszogen wurde. Er war halb ertrunken, Hans und Pete warfen sich auf ihn, hämmerten den Atem in ihn hinein und das Wasser aus ihm heraus. Er taumelte auf die Beine und fiel wieder nieder. Ein leises Geräusch von Thorntons Stimme erreichte sie und, obwohl sie seine Worte nicht verstanden, wussten sie, dass er am Ende war. Die Stimme seines Herrn aber belebte Buck wie ein elektrischer Schlag. Er sprang auf seine Pfoten und lief das Ufer hinauf zu der Stelle, an der er zuvor in den Fluss gesprungen war.

Erneut banden sie das Seil an ihm fest und, ins Leben zurück befohlen, sprang er erneut hinein, doch dieses Mal gerade in den Strom hinein. Einmal hatte er seinen Weg falsch berech-

not be guilty of it a second time. Hans paid out the rope, permitting no slack, while Pete kept it clear of coils. Buck held on till he was on a line straight above Thornton; then he turned, and with the speed of an express train headed down upon him. Thornton saw him coming, and, as Buck struck him like a battering ram, with the whole force of the current behind him, he reached up and closed with both arms around the shaggy neck. Hans snubbed the rope around the tree, and Buck and Thornton were jerked under the water. Strangling, suffocating, sometimes one uppermost and sometimes the other, dragging over the jagged bottom, smashing against rocks and snags, they veered in to the bank.

Thornton came to, belly downward and being violently propelled back and forth across a drift log by Hans and Pete. His first glance was for Buck, over whose limp and apparently lifeless body Nig was setting up a howl, while Skeet was licking the wet face and closed eyes. Thornton was himself bruised and battered, and he went carefully over Buck's body, when he had been brought around, finding three broken ribs.

„That settles it,“ he announced. „We camp right here.“ And camp they did, till Buck's ribs knitted and he was able to travel.

That winter, at Dawson, Buck performed another exploit, not so heroic, perhaps, but one that put his name many notches higher on the totem-pole of Alaskan fame. This exploit was particularly gratifying to the three men; for they stood in need of the outfit, which it furnished, and were enabled to make a long-desired trip into the virgin East, where miners had not yet appeared. It was brought about by a

net, ein zweites Mal würde ihm dies nicht geschehen. Hans gab das Tau nach, dass es nicht zu schlaff war, während Pete aufpasste, dass es sich nicht verschlang. Buck schwamm, bis er in Höhe über Thornton war; dann wandte er sich und ließ sich mit der Geschwindigkeit eines Schnellzuges das Wasser hinabtreiben. Thornton sah ihn kommen und, als Buck ihn wie ein Rammbock traf, wurde er in die Strömung gerissen und er klammerte sich mit beiden Armen um den zottigen Hals. Hans befestigte das Seil an einem Baum, und Buck und Thornton riss es unter Wasser. Halb erwürgt und erstickt, mal der eine zuoberst, mal der andere, schlitterten sie über den zerklüfteten Boden, schlugen gegen Felsen und Baumstümpfe, ehe sie das rettende Ufer erreichten.

Thornton wurde bäuchlings angetrieben und Hans und Pete rüttelten ihn heftig, bis er die Besinnung wiedererlangte. Sein erster Blick galt Buck, über dessen schlaffen und scheinbar leblosen Körper sich der winselnde Nig gebeugt hatte, während Skeet sein nasses Gesicht und seine geschlossenen Augen beleckte. Thornton hatte Prellungen und Quetschungen erlitten, doch schleppte er sich zu Buck hinüber, untersuchte vorsichtig seinen Körper und fand drei gebrochene Rippen.
»Es hilft nichts«, verkündete er. »Wir lagern hier.« Und sie blieben dort, bis Bucks Rippen geheilt waren und er wieder weiterziehen konnte.
In diesem Winter, in Dawson, vollbrachte Buck eine weitere Heldentat, vielleicht nicht so heroisch, aber eine, die ihm viele Kerben auf dem Totempfahl von Alaskas Ruhm bescherte und seinem Namen alle Ehre machte. Besonders die drei Männer schlugen glücklich daraus Kapital; denn sie brauchten eine Ausrüstung für ihre lang herbeigesehnte Reise in den unberührten Osten, den noch kein Bergmann bisher erkundet hatte. Dies geschah bei einem Gespräch im

conversation in the Eldorado Saloon, in which men waxed boastful of their favorite dogs.

Buck, because of his record, was the target for these men, and Thornton was driven stoutly to defend him. At the end of half an hour one man stated that his dog could start a sled with five hundred pounds and walk off with it; a second bragged six hundred for his dog; and a third, seven hundred.

„Pooh! pooh!“ said John Thornton; „Buck can start a thousand pounds.“

„And break it out? and walk off with it for a hundred yards?“ demanded Matthewson, a Bonanza King, he of the seven hundred vaunt.

„And break it out, and walk off with it for a hundred yards,“ John Thornton said coolly.

„Well,“ Matthewson said, slowly and deliberately, so that all could hear, „I’ve got a thousand dollars that says he can’t. And there it is.“ So saying, he slammed a sack of gold dust of the size of a bologna sausage down upon the bar.

Nobody spoke. Thornton’s bluff, if bluff it was, had been called. He could feel a flush of warm blood creeping up his face. His tongue had tricked him. He did not know whether Buck could start a thousand pounds. Half a ton! The enormousness of it appalled him. He had great faith in Buck’s strength and had often thought him capable of starting such a load; but never, as now, had he faced the possibility of it, the eyes of a dozen men fixed upon him, silent and waiting. Further, he had no thousand dollars; nor had Hans or Pete.

„I’ve got a sled standing outside now, with twenty fiftypound sacks of flour on it,“ Matthewson went

Eldorado Salon, in denen alle Männer mit ihren eigenen Hunde prahlten.

Buck war wegen seiner Rekorde immer wieder das Ziel dieser Männer und Thornton musste ihn verteidigen. Nach einer halben Stunde behauptete ein Mann, sein Hund würde einen fünfhundert Pfund schweren Schlitten ziehen, ein anderer übertrumpfte ihn um hundert weitere Pfund, während ein Dritter seinem Tier sogar siebenhundert zutraute.

»Pooh! Pah!«, sagte Thornton. »Buck kann tausend Pfund ziehen.«

»Und allein losbrechen? Und die Last neunzig Meter weit ziehen?«, forschte der, der siebenhundert geboten hatte, Matthewson, ein Bonanzakönig.

»Ja doch, allein losbrechen und neunzig Meter weit ziehen«, sagte John Thornton kühl.

»Nun«, sagte Matthewson langsam und bedächtig, damit es alle hören konnten, »ich biete tausend Dollar, dass er das nicht kann! Und hier sind sie.« Mit diesen Worten warf er einen Sack voller Goldstaub von der Größe einer Fleischwurst auf die Theke.

Niemand sprach. Thorntons Bluff, wenn es denn einer gewesen war, war aufgeflogen. Er spürte, wie ihm heißes Blut ins Gesicht kroch. Seine Zunge hatte ihn betrogen. Er wusste nicht, ob Buck mit tausend Pfund starten konnte. Eine halbe Tonne! Diese enorme Last entsetzte ihn. Er hatte großes Vertrauen in die Kräfte von Buck und oft schon hatte er ihm eine solche Last zugetraut, nie aber hatte er daran gedacht, dies zu erproben, und nun richteten ein halbes Dutzend Männer still und wartend ihre Augen auf ihn. Zudem hatte er keine tausend Dollar, noch verfügten Hans oder Pete über sie.

»Ich hab gerade einen Schlitten draußen, der mit zwanzig Fünfzigpfundsäcken Mehl beladen ist«, fügte Matthewson

on with brutal directness; „so don't let that hinder you."

Thornton did not reply. He did not know what to say. He glanced from face to face in the absent way of a man who has lost the power of thought and is seeking somewhere to find the thing that will start it going again. The face of Jim O'Brien, a Mastodon King and old-time comrade, caught his eyes. It was as a cue to him, seeming to rouse him to do what he would never have dreamed of doing.

„Can you lend me a thousand?" he asked, almost in a whisper.

„Sure," answered O'Brien, thumping down a plethoric sack by the side of Matthewson's. „Though it's little faith I'm having, John, that the beast can do the trick."

The Eldorado emptied its occupants into the street to see the test. The tables were deserted, and the dealers and gamekeepers came forth to see the outcome of the wager and to lay odds. Several hundred men, furred and mittened, banked around the sled within easy distance. Matthewson's sled, loaded with a thousand pounds of flour, had been standing for a couple of hours, and in the intense cold (it was sixty below zero) the runners had frozen fast to the hard-packed snow. Men offered odds of two to one that Buck could not budge the sled. A quibble arose concerning the phrase „break out." O'Brien contended it was Thornton's privilege to knock the runners loose, leaving Buck to „break it out" from a dead standstill. Matthewson insisted that the phrase included breaking the runners from the frozen grip of the snow. A majority of the men who had witnessed the making of the bet decided

mit brutaler Unmittelbarkeit hinzu. »Das sollte dich also nicht hindern.«

Thornton antwortete nicht. Er wusste nicht, was er sagen sollte. Er blickte von Gesicht zu Gesicht in der entrückten Art eines Mannes, der die Macht des Denkens verloren hatte und nun nach einem Strohhalm suchte, es wieder in Gang zu bringen. Da kam ihm das Gesicht von Jim O'Brien, ein König unter den Goldschürfern und ein alter Kamerad, ins Blickfeld. Das war ein Signal für ihn und schien in aufzuwecken, um zu tun, was er zu tun nie im Leben geträumt hätte. »Kannst du mir tausend leihen?«, fragte er fast im Flüsterton.

»Sicher«, antwortete O'Brien und stellte ein volles Säckchen neben das von Matthewson. »Obwohl ich nicht daran glaube, dass das Biest dies schaffen kann.«

Das Eldorado entleerte sich und seine Gäste traten auf die Straße, die Prüfung anzuschauen. Die Tische waren verlassen und die Spieler und Buchmacher waren hervorgekrochen, um den Ausgang der Wette zu beobachten und eigene Wetten abzuschließen. Mehrere Hundert mit Pelzen bekleidete Männer standen im engen Kreis um den Schlitten. Matthewsons Schlitten, mit tausend Pfund Mehl beladen, stand seit Stunden in dieser klirrenden Kälte, und in dieser Kälte (es war fast sechzig Grad unter null) waren seine Kufen im hart gepressten Schnee eingefroren. Männer boten Wetten mit zwei zu eins, dass Buck den Schlitten nicht bewegen würde. Über die Phrase »losbrechen« entstand eine spitzfindige Diskussion. O'Brien behauptete, es sei das Privileg von Thornton, die Kufen des Schlittens aus dem Eis zu befreien, Buck müsste ihn aus dem Stand »losbrechen«. Matthewson bestand seinerseits darauf, dass die Phrase auch das Befreien der Kufen aus dem Griff des Schnees mit einbezog. Und eine Mehrheit der Männer, die der Entstehung der Wette beigewohnt hatten, entschieden

in his favor, whereat the odds went up to three to one against Buck.

There were no takers. Not a man believed him capable of the feat. Thornton had been hurried into the wager, heavy with doubt; and now that he looked at the sled itself, the concrete fact, with the regular team of ten dogs curled up in the snow before it, the more impossible the task appeared. Matthewson waxed jubilant.

„Three to one!" he proclaimed. „I'll lay you another thousand at that figure, Thornton. What d'ye say?"

Thornton's doubt was strong in his face, but his fighting spirit was aroused — the fighting spirit that soars above odds, fails to recognize the impossible, and is deaf to all save the clamor for battle. He called Hans and Pete to him. Their sacks were slim, and with his own the three partners could rake together only two hundred dollars. In the ebb of their fortunes, this sum was their total capital; yet they laid it unhesitatingly against Matthewson's six hundred.

The team of ten dogs was unhitched, and Buck, with his own harness, was put into the sled. He had caught the contagion of the excitement, and he felt that in some way he must do a great thing for John Thornton. Murmurs of admiration at his splendid appearance went up. He was in perfect condition, without an ounce of superfluous flesh, and the one hundred and fifty pounds that he weighed were so many pounds of grit and virility. His furry coat shone with the sheen of silk. Down the neck and across the shoulders, his mane, in repose as it was, half bristled and seemed to lift with every movement, as though excess of vigor

zu seinen Gunsten, woraufhin die Wetten gegen Buck auf drei zu eins stiegen.

Niemand wette für ihn. Kein Mensch glaubte daran, Buck könne dieser Leistung fähig sein. Selbst Thornton, der in diese Wette hineingeschlittert war, wurde von Zweifeln geplagt; und jetzt, da er den Schlitten vor sich erblickte samt dem dazugehörigen Gespann aus zehn Hunden, das sich vor ihm im Schnee zusammengerollt hatte, erschien ihm die Aufgabe umso mehr ein Ding der Unmöglichkeit. Matthewson betrachtete sich als sicherer Sieger.

»Drei zu eins«, verkündete er. »Ich leg' noch weitere Tausend oben drauf, Thornton. Was sag'ste dazu?«

Thorntons Zweifel standen ihm ins Gesicht geschrieben, doch nun war sein Kampfgeist erwacht – jener Kampfgeist, der alle Quoten in den Wind schlagen lässt, der an das Unmögliche glaubt und gegen alles taub wird, außer dem Ruf nach dem Kampf. Er rief Hans und Pete zu sich. Ihre Säckchen waren schlank und mit seinem eigenen konnten die drei Gefährten gerade einmal zweihundert Dollar zusammenkratzen. Es hieße das Ende ihrer Träume, diese Summe war ihr gesamtes Vermögen; doch ohne Zögern setzten sie es gegen sechshundert von Matthewson.

Das Gespann der zehn Hunde wurde abgeschirrt und Buck mit seinem eigenen Gurten vor den Schlitten gesetzt. Er sog die ansteckende Aufregung ein und er fühlte, dass er in irgendeiner Weise etwas Großes für John Thornton leisten musste. Bei seinem Erscheinen hob ein Gemurmel der Bewunderung an. Er war bei bester Gesundheit, hatte keine Unze überflüssiges Fleisch und die hundertfünfzig Pfund, die er wog, waren voller Mut und Männlichkeit. Sein Fell glänzte wie Seide. Den Hals hinunter und über die Schultern sträubte sich seine Mähne halb und schien bei jeder Bewegung zu beben, als ob ein Übermaß an Kraft jedes einzelne Haar lebhaft in Bewegung setzen würde. Seine

made each particular hair alive and active. The great breast and heavy fore legs were no more than in proportion with the rest of the body, where the muscles showed in tight rolls underneath the skin. Men felt these muscles and proclaimed them hard as iron, and the odds went down to two to one.

„Gad, sir! Gad, sir!" stuttered a member of the latest dynasty, a king of the Skookum Benches. „I offer you eight hundred for him, sir, before the test, sir; eight hundred just as he stands."

Thornton shook his head and stepped to Buck's side.

„You must stand off from him," Matthewson protested. „Free play and plenty of room."

The crowd fell silent; only could be heard the voices of the gamblers vainly offering two to one. Everybody acknowledged Buck a magnificent animal, but twenty fifty-pound sacks of flour bulked too large in their eyes for them to loosen their pouch-strings.

Thornton knelt down by Buck's side. He took his head in his two hands and rested cheek on cheek. He did not playfully shake him, as was his wont, or murmur soft love curses; but he whispered in his ear. „As you love me, Buck. As you love me," was what he whispered. Buck whined with suppressed eagerness.

The crowd was watching curiously. The affair was growing mysterious. It seemed like a conjuration. As Thornton got to his feet, Buck seized his mittened hand between his jaws, pressing in with his teeth and releasing slowly, half-reluctantly. It was the answer, in terms, not of speech, but of love. Thornton stepped well back.

„Now, Buck," he said.

mächtige Brust und die schweren Vorderbeine standen im gleichen Verhältnis zu den anderen Teilen seines Körpers, wo Muskeln in strammen Streifen unter seiner Haut in Erscheinung traten. Man befühlte diese Muskeln und fand sie hart wie Eisen, und die Quote sank auf zwei zu eins zurück.

»Bei Gott, Sir! Bei Gott, Sir!«, stotterte ein Mitglied der letzten Dynastie, der sich König von Skookum nannte. »Ich biete Ihnen achthundert für diesen Burschen, Sir, noch vor der Prüfung, Sir, achthundert, so wie er hier steht.«

Thornton schüttelte den Kopf und trat an Bucks Seite.

»Sie müssen Abstand halten«, protestierte Matthewson. »Freies Spiel und viel Platz!«

Die Menge verstummte; nur die Stimmen der Buchmacher unterbrachen die Stille, die vergeblich Wetten zwei zu eins anboten. Jeder erkannte Buck als ein großartiges Tier, aber zwanzig Fünfzigpfundsäcke Mehl bauschten sich gewaltig vor ihren Augen auf, zu groß, um für ihn zu wetten.

Thornton kniete an Bucks Seite nieder. Er nahm seinen Kopf in die Hände und drängte sich Wange an Wange. Dies war kein spielfreudiges Zotteln, wie es seine Gewohnheit war, oder das sanfte Murren von Liebesflüchen, aber er flüsterte ihm ins Ohr. »Wenn du mich liebst, Buck! Wenn du mich liebst«, flüsterte er. Und Buck winselte voll unterdrückter Begierde.

Das Publikum beobachtete neugierig. Die Szene wurde immer geheimnisvoller. Es erschien wie eine Beschwörung. Als Thornton sich aufrichtete, nahm Buck seine Hand zwischen seine Kiefer, drückte seine Zähne ein und ließ langsam, etwas widerstrebend los. Dies war seine Antwort, nicht auf seine Rede, sondern auf seine Liebe. Und Thornton trat zurück.

»Jetzt, Buck«, rief er.

Buck tightened the traces, then slacked them for a matter of several inches. It was the way he had learned.

„Gee!“ Thornton's voice rang out, sharp in the tense silence.

Buck swung to the right, ending the movement in a plunge that took up the slack and with a sudden jerk arrested his one hundred and fifty pounds. The load quivered, and from under the runners arose a crisp crackling.

„Haw!“ Thornton commanded.

Buck duplicated the maneuver, this time to the left. The crackling turned into a snapping, the sled pivoting and the runners slipping and grating several inches to the side. The sled was broken out. Men were holding their breaths, intensely unconscious of the fact.

„Now, MUSH!“

Thornton's command cracked out like a pistol-shot. Buck threw himself forward, tightening the traces with a jarring lunge. His whole body was gathered compactly together in the tremendous effort, the muscles writhing and knotting like live things under the silky fur. His great chest was low to the ground, his head forward and down, while his feet were flying like mad, the claws scarring the hard-packed snow in parallel grooves. The sled swayed and trembled, half-started forward. One of his feet slipped, and one man groaned aloud. Then the sled lurched ahead in what appeared a rapid succession of jerks, though it never really came to a dead stop again … half an inch… an inch … two inches… The jerks perceptibly diminished; as the sled gained momentum, he caught them up, till it was moving steadily along.

Buck warf sich in die Riemen und ließ sie gleich wieder um einige Zentimeter erschlaffen. So hatte er es gelernt.

»Geh!«, ertönte Thorntons Stimme scharf durch die angespannte Stille.

Buck schwang sich nach rechts, endete die Bewegung mit einem Sprung, der die durchhängenden Riemen mit einem Ruck straffte und seine hundertfünfzig Pfund dagegenstemmte. Die Last bebte und unter den Kufen kroch ein scharfes Knistern hervor.

»Haw[3]!«, gebot Thornton.

Buck wiederholte das Manöver auf der linken Seite. Das Knistern verwandelte sich in ein Knacken, der Schlitten schwenkte und die Kufen rutschten einige Zentimeter zur Seite. Der Schlitten war frei. Den Männern verschlug es den Atem, so betäubt waren sie von diesem Schauspiel.

»Jetzt los!«

Thorntons Befehl krachte wie ein Pistolenschuss. Buck warf sich nach vorn, spannte die Gurte schräg vorstürzend. Sein ganzer Körper zog sich bei dieser ungeheueren Anstrengung zusammen, seine Muskeln wanden sich und verknoteten sich wie Lebewesen unter seinem seidigen Fell. Seine gewaltige Brust berührte fast den Boden, den Kopf weit nach vorn geworfen, und seine Pfoten flogen wie verrückt, während er mit den Klauen parallel verlaufende Furchen in den harten Schnee grub. Der Schlitten schwankte und erzitterte und zuckte langsam vorwärts. Als er sich bewegte, stöhnte einer der Männer laut auf. Dann taumelte der Schlitten vorwärts, was wie eine schnelle Abfolge von Zuckungen erschien, obwohl er nicht wieder zum Stillstand kam … ein Zentimeter, zwei Zentimeter … Das Zucken nahm merklich ab; und der Schlitten gewann Schwung, bis er konstant ins Gleiten kam.

---

3   Haw: Kommando, soviel wie »Nach Links!«

Men gasped and began to breathe again, unaware that for a moment they had ceased to breathe. Thornton was running behind, encouraging Buck with short, cheery words. The distance had been measured off, and as he neared the pile of firewood, which marked the end of the hundred yards, a cheer began to grow and grow, which burst into a roar as he passed the firewood and halted at command. Every man was tearing himself loose, even Matthewson. Hats and mittens were flying in the air. Men were shaking hands, it did not matter with whom, and bubbling over in a general incoherent babel.

But Thornton fell on his knees beside Buck. Head was against head, and he was shaking him back and forth. Those who hurried up heard him cursing Buck, and he cursed him long and fervently, and softly and lovingly. „Gad, sir! Gad, sir!“ spluttered the Skookum Bench king. „I'll give you a thousand for him, sir, a thousand, sir — twelve hundred, sir.“

Thornton rose to his feet. His eyes were wet. The tears were streaming frankly down his cheeks. „Sir,“ he said to the Skookum Bench king, „no, sir. You can go to hell, sir. It's the best I can do for you, sir.“

Buck seized Thornton's hand in his teeth. Thornton shook him back and forth. As though animated by a common impulse, the onlookers drew back to a respectful distance; nor were they again indiscreet enough to interrupt.

Die Männer schnappten nach Luft und begannen wieder zu atmen, ohne zu wissen, dass sie für einen Moment atemlos waren. Thornton lief hinter dem Schlitten her und ermutigte Buck mit kurzen, heiteren Worten. Die Strecke war abgemessen worden, und während sich Buck dem Holzstapel näherte, der das Ende der hundert Yards markierte, hob ein Jubel an und wuchs und brach in ein wildes Gebrüll aus, als er den Stapel passierte und er den Befehl zu stoppen bekam. Jeder Mann riss sich los, auch Matthewson. Hüte und Handschuhe flogen durch die Luft. Die Männer schüttelten die Hände, mit wem, war ihnen egal, und sprudelten über in ein zusammenhangsloses Stimmengewirr.

Thornton aber fiel neben Buck auf die Knie, Kopf an Kopf, und schüttelte ihn hin und her. Diejenigen, die zu ihm eilten, hörten ihn fluchen und er verfluchte ihn lange und inbrünstig und sanft und liebevoll.

»Bei Gott, Sir! Bei Gott, Sir!«, stotterte der König von Skookum. »Ich gebe Ihnen tausend für ihn, Sir, tausend, Sir – zwölfhundert, Sir!«

Thornton erhob sich. Seine Augen wurden feucht. Tränen strömten offen über seine Wangen. »Sir«, sagte er zu dem Skookumkönig, »nein, Sir! Gehen sie zur Hölle, Sir! Das ist das Beste, was Sie tun können, Sir!«

Buck packte Thorntons Hand mit den Zähnen. Thornton schüttelte ihn hin und her. Einem gemeinschaftlichen Impuls folgend, zogen sich die Zuschauer auf einen respektvollen Abstand zurück; und sie waren diskret genug, sie nicht weiter zu stören.

CHAPTER 7
The Sounding of the Call

When Buck earned sixteen hundred dollars in five minutes for John Thornton, he made it possible for his master to pay off certain debts and to journey with his partners into the East after a fabled lost mine, the history of which was as old as the history of the country. Many men had sought it; few had found it; and more than a few there were who had never returned from the quest. This lost mine was steeped in tragedy and shrouded in mystery. No one knew of the first man. The oldest tradition stopped before it got back to him. From the beginning there had been an ancient and ramshackle cabin. Dying men had sworn to it, and to the mine the site of which it marked, clinching their testimony with nuggets that were unlike any known grade of gold in the Northland.

But no living man had looted this treasure house, and the dead were dead; wherefore John Thornton and Pete and Hans, with Buck and half a dozen other dogs, faced into the East on an unknown trail to achieve where men and dogs as good as themselves had failed. They sledded seventy miles up the Yukon, swung to the left into the Stewart River, passed the Mayo and the McQuestion, and held on until the Stewart itself became a streamlet, threading the upstanding peaks, which marked the backbone of the continent.

John Thornton asked little of man or nature. He was unafraid of the wild. With a handful of salt and a rifle he could plunge into the wilderness and fare wherever he pleased and as long as he pleased. Being in

Die Erkundung des Rufs

Nachdem Buck in nur fünf Minuten tausendsechshundert Dollar für John Thornton verdient hatte, war es seinem Herrn möglich, seine dringendsten Schulden zu tilgen und mit seinen Partnern zu einer Reise in den Osten aufzubrechen, auf der Suche nach einer sagenumwobenen, verborgenen Goldmine, eine Legende, die so alt war wie die Geschichte des Landes selbst. Schon viele Männer hatten sich auf diese Suche begeben; einige waren fündig geworden; die meisten aber waren nie von ihrer Suche heimgekehrt. Diese verborgene Mine war geheimnisumwittert und von Tragödien durchtränkt. Selbst die älteste Erzählung reicht nicht zu dem Tage zurück, an dem sie entdeckt worden war. Am Anfang muss eine alte und baufällige Hütte dort gestanden haben. Sterbende Männer beschworen ihre Existenz und markierten ihren Standort, und sie bewiesen es mit Goldklümpchen, deren Goldgehalt größer war als jeder andere Goldfund im Nordland je zuvor.

Aber kein lebender Mensch hatte diesen Schatz je geplündert, die Toten waren stumm; deshalb begaben sich John Thornton und Pete und Hans mit Buck und einem halben Dutzend weiterer Hunde auf die unerschlossenen Pfade im Osten, wo Männer und Hunde, so gut sie auch waren, nur scheitern konnten. Sie schlitterten siebzig Meilen den Yukon hinauf, bogen links in den Steward River ein, passierten den Mayo und den McQuestion und hielten erst, als der Steward nur noch ein kleines Bächlein war, das sich durch die umgebenden Bergspitzen schlängelte, die das Rückgrat des Kontinents markierten.

John Thornton sorgte sich nicht um Mensch und Natur. Die wilde Natur schreckte ihn nicht. Er konnte die Wildnis durchstreifen mit einer Handvoll Salz und einem Gewehr, überall dorthin, wohin ihn seine Nase führte, und solange,

no haste, Indian fashion, he hunted his dinner in the course of the day's travel; and if he failed to find it, like the Indian, he kept on travelling, secure in the knowledge that sooner or later he would come to it. So, on this great journey into the East, straight meat was the bill of fare, ammunition and tools principally made up the load on the sled, and the time-card was drawn upon the limitless future.

To Buck it was boundless delight, this hunting, fishing, and indefinite wandering through strange places. For weeks at a time they would hold on steadily, day after day; and for weeks upon end they would camp, here and there, the dogs loafing and the men burning holes through frozen muck and gravel and washing countless pans of dirt by the heat of the fire. Sometimes they went hungry, sometimes they feasted riotously, all according to the abundance of game and the fortune of hunting.

Summer arrived, and dogs and men packed on their backs, rafted across blue mountain lakes, and descended or ascended unknown rivers in slender boats whipsawed from the standing forest.

The months came and went, and back and forth they twisted through the uncharted vastness, where no men were and yet where men had been if the Lost Cabin were true.

They went across divides in summer blizzards, shivered under the midnight sun on naked mountains between the timberline and the eternal snows, dropped into summer valleys amid swarming gnats and flies, and in the shadows of glaciers picked strawberries and flowers as ripe and fair as any the Southland could boast. In the fall of the year they penetrated a weird lake country, sad and silent, where wild-fowl had been, but where then there was no life nor sign of life

wie es ihm gefiel. Ganz nach Indianerart jagte er im Laufe
des Tages seine Beute; und wenn er nichts fand, hielt er sich
wie die Indianer auf Wanderschaft, in dem Wissen, dass er
früher oder später zu ihr kommen würde. Auf ihrer großen Reise in den Osten wurde ihr Speiseplan nur von dem
Erjagten bestimmt, den Schlitten hatten sie hauptsächlich
mit Munition und Werkzeugen beladen, und kein Zeitplan
drängte sie, vor ihnen lag eine grenzenlose Zukunft.
Auch Bucks Freude war ohne Grenzen, er liebte die Jagd
und das Fischen und die unbestimmte Wanderung durch
das fremde Land. Manchmal waren sie wochenlang unterwegs, Tag für Tag; und hier und dort lungerten die Hunde
wochenlang im Lager herum, während die Männer Löcher
in den gefrorenen Kies und Schlamm gruben und unzählige
Pfannen voller Dreck über dem Feuer auswuschen. Manchmal blieben sie hungrig, mal verschlangen sie ein üppiges
Mahl, wenn sie Glück bei der Jagd hatten und reichlich
Beute machten.
Der Sommer kam, Hunde und Männer packten ihre Lasten
auf den Rücken, flößten über blaue Bergseen und bereisten
unbekannte Flüsse auf- und abwärts auf schmalen, selbst
gebauten Booten, wofür sie Bäume des Waldes fällten.
Die Monate kamen und gingen und sie trieben hin und her
durch die unerforschte Weite, in der noch niemals Männer
waren und dennoch gewesen sein mussten, wenn die Legende von der verlassenen Mine der Wahrheit entsprach.
Sie passierten im Sommer die Schneegrenze, froren in der
Mitternachtssonne auf kahlen Bergen zwischen der Wald-
grenze und dem ewigen Eis, stiegen in die Sommertäler hi-
nab, in denen Stechmücken und Fliegen schwärmten, und
pflückten im Schatten der Gletscher Erdbeeren und Blu-
men, die reifer und schöner waren als alles, wofür sich das
Südland rühmte. Im Herbst dieses Jahres erreichten sie ein
seltsames Seenland, traurig und still, in dem wilde Gänse
gebrütet hatten, wo es kein Leben und kein Lebenszeichen

— only the blowing of chill winds, the forming of ice in sheltered places, and the melancholy rippling of waves on lonely beaches.

And through another winter they wandered on the obliterated trails of men who had gone before. Once, they came upon a path blazed through the forest, an ancient path, and the Lost Cabin seemed very near. But the path began nowhere and ended nowhere, and it remained mystery, as the man who made it and the reason he made it remained mystery.

Another time they chanced upon the time-graven wreckage of a hunting lodge, and amid the shreds of rotted blankets John Thornton found a long-barreled flintlock. He knew it for a Hudson Bay Company gun of the young days in the Northwest, when such a gun was worth its height in beaver skins packed flat, and that was all — no hint as to the man who in an early day had reared the lodge and left the gun among the blankets.

Spring came on once more, and at the end of all their wandering they found, not the Lost Cabin, but a shallow placer in a broad valley where the gold showed like yellow butter across the bottom of the washing-pan. They sought no farther. Each day they worked earned them thousands of dollars in clean dust and nuggets, and they worked every day. The gold was sacked in moose-hide bags, fifty pounds to the bag, and piled like so much firewood outside the spruce-bough lodge. Like giants they toiled, days flashing on the heels of days like dreams as they heaped the treasure up.

There was nothing for the dogs to do, save the hauling in of meat now and again that Thornton killed, and Buck spent long hours musing by the fire. The vision of the short-legged hairy man came to him more frequently, now that there was little work to be done;

mehr gab – wo nur noch der kalte Wind blies, wo sich Eis an geschützten Stellen bildete und sich die Wellen melancholisch am verlassenen Ufer kräuselten.

Einen weiteren Winter wanderten sie auf den ausgelöschten Spuren von Männern, die einmal hier entlang gereist sein mussten. Einmal, während sie sich den Weg durch den Wald bahnten, erreichten sie einen alten Pfad und die verborgene Mine schien sehr nahe zu sein. Der Pfad aber begann nirgends und endete nirgends und so blieb es ein Geheimnis, wie und warum und wer ihn angelegt hatte.

Ein anderes Mal entdeckten sie die Überreste einer mit der Zeit verfallenen Jagdhütte, und inmitten von Fetzen verrotteter Decken fand John Thornton ein langläufiges Steinschlossgewehr. Er wusste, es war ein Gewehr der Hudson Bay Company aus jenen jungen Tagen im Nordwesten, als eine solche Waffe noch mit einem Berg von Biberfellen aufgewogen wurde, doch dies war alles – kein Hinweis auf den Mann, der in früheren Tagen diese Hütte errichtet und sein Gewehr unter Decken verborgen hatten.

Der Frühling brach unerwartet ein und am Ende all ihrer Wanderungen entdeckten sie, nein, nicht die verborgene Mine, sondern einen flachen Platz in einem breiten Tal, wo das Gold wie gelbe Butter über den Boden ihrer Waschpfannen floss. Sie mussten nicht weitersuchen. An nur einem Tag verdienten sie sich Tausende von Dollar in Form von Goldplättchen und Nuggets, und dies jeden einzelnen Tag. Das Gold verstauten sie in Elchhauttaschen, fünfzig Pfund je Tasche, und sie stapelten sie wie Feuerholz außerhalb des Lagers. Sie plagten sich wie Giganten, Tag um Tag verging wie im Traum, während sie ihre Schätze anhäuften.

Für die Hunde gab es nichts zu tun, lediglich das Wild, das Thornton erlegte, brachten sie ins Lager, und Buck lag über viele Stunden dösend am Feuer. Die Vorstellung des kurzbeinigen, behaarten Mannes kam ihm jetzt häufiger zu Bewusstsein, jetzt, wo er so wenig Arbeit zu verrichten hatte; und oft

and often, blinking by the fire, Buck wandered with him in that other world, which he remembered.

The salient thing of this other world seemed fear. When he watched the hairy man sleeping by the fire, head between his knees and hands clasped above, Buck saw that he slept restlessly, with many starts and awakenings, at which times he would peer fearfully into the darkness and fling more wood upon the fire. Did they walk by the beach of a sea, where the hairy man gathered shell-fish and ate them as he gathered, it was with eyes that roved everywhere for hidden danger and with legs prepared to run like the wind at its first appearance. Through the forest they crept noiselessly, Buck at the hairy man's heels; and they were alert and vigilant, the pair of them, ears twitching and moving and nostrils quivering, for the man heard and smelled as keenly as Buck. The hairy man could spring up into the trees and travel ahead as fast as on the ground, swinging by the arms from limb to limb, sometimes a dozen feet apart, letting go and catching, never falling, never missing his grip. In fact, he seemed as much at home among the trees as on the ground; and Buck had memories of nights of vigil spent beneath trees wherein the hairy man roosted, holding on tightly as he slept.

And closely akin to the visions of the hairy man was the call still sounding in the depths of the forest. It filled him with a great unrest and strange desires. It caused him to feel a vague, sweet gladness, and he was aware of wild yearnings and stirrings for he knew not what. Sometimes he pursued the call into the forest, looking for it as though it were a tangible thing, barking softly or defiantly, as the mood might dictate. He would thrust his nose into the cool wood moss, or

erinnerte er sich an den flackerten Flammen an diese andere Welt, durch die er mit ihm gewandert war.

Das Besondere, das diese andere Welt bestimmte, war die Angst. Während der haarige Mann am Feuer schlief, den Kopf zwischen den Knien und die Hände überm Kopf verschränkt, sah Buck, wie unruhig er schlief, mit vielen Unterbrechungen, in denen er ängstlich in die Dunkelheit hinausblickte und mehr Holz in das Feuer warf. Gingen sie am Ufer eines Sees entlang, wo der haarige Mann Krustentiere suchte und aß, wie er sie fand, durchstreiften seine Augen die Gegend nach der versteckten Gefahr und seine Beine waren stets gespannt, um bei der kleinsten Gefahr wie der Wind davonzulaufen. Sie schlichen geräuschlos durch den Wald, Buck auf seinen Fersen; und sie waren gleich wach und wachsam, ihre Ohren zuckten und regten sich und ihre Nüstern zitterten gleich, denn der Mann konnte genauso scharf wie Buck hören und riechen. Der haarige Mann bewegte sich durch die Bäume genauso schnell vorwärts wie auf dem Boden, er schwang mit den Armen von Ast zu Ast, die manchmal ein halbes Dutzend Meter entfernt waren, ließ los und fing und verfehlte nie, nie griff er neben sein Ziel. In der Tat, er schien sich in den Bäumen genauso heimisch zu fühlen wie auf der Erde; und Buck erinnerte sich an eine Nacht des Wachseins, die er unter Bäumen verbracht hatte, wobei der behaarte Mann wie ein Vogel den Ast umklammerte und schlief.

Und mit dieser Vision des haarigen Mannes tönte auch wieder der Ruf aus den Tiefen des Waldes hervor. Er erfüllte Buck mit großer Unruhe und seltsamen Begierden. Er brachte ihn dazu, eine vage, süße Freude zu empfinden, und er wurde sich wilder Sehnsüchte und Regungen bewusst, die er noch nicht kannte. Manchmal folgte er diesem Ruf in den Wald, weil er zum Greifen nahe schien, und je nach Laune bellte er leise oder herausfordernd. Er würde seine Schnauze in das kühle Moos stecken oder in die schwarze

into the black soil where long grasses grew, and snort with joy at the fat earth smells; or he would crouch for hours, as if in concealment, behind fungus-covered trunks of fallen trees, wide-eyed and wide-eared to all that moved and sounded about him. It might be, lying thus, that he hoped to surprise this call he could not understand. But he did not know why he did these various things. He was impelled to do them, and did not reason about them at all.

Irresistible impulses seized him. He would be lying in camp, dozing lazily in the heat of the day, when suddenly his head would lift and his ears cock up, intent and listening, and he would spring to his feet and dash away, and on and on, for hours, through the forest aisles and across the open spaces where the niggerheads bunched. He loved to run down dry watercourses, and to creep and spy upon the bird life in the woods. For a day at a time he would lie in the underbrush where he could watch the partridges drumming and strutting up and down. But especially he loved to run in the dim twilight of the summer midnights, listening to the subdued and sleepy murmurs of the forest, reading signs and sounds as man may read a book, and seeking for the mysterious something that called — called, waking or sleeping, at all times, for him to come.

One night he sprang from sleep with a start, eager-eyed, nostrils quivering and scenting, his mane bristling in recurrent waves. From the forest came the call (or one note of it, for the call was many noted), distinct and definite as never before, — a long-drawn howl, like, yet unlike, any noise made by husky dog. And he knew it, in the old familiar way, as a sound heard before. He sprang through the sleeping camp and in swift silence dashed through the woods. As

Erde, auf der lange Gräser wuchsen, und er schnaubte vor Freude über den fetten Boden; oder er würde stundenlang im Schutz pilzbewachsener Stämmen von umgestürzten Bäumen hocken und mit weit aufgerissenen Augen und breiten Ohren allem lauschen, was sich um ihn herum regte und bewegte. So daliegend hoffte er, dem Ruf zu begegnen, den er nicht verstand. Doch er wusste nicht, warum er dies alles tat. Er war gezwungen, es zu tun, und verstand doch nichts von alle dem.

Unwiderstehliche Triebe rührten sich in ihm. Wenn er im Lager lag und faul in der Hitze des Tages döste, hob er oft plötzlich den Kopf und spitzte aufmerksam lauschend die Ohren und dann sprang er auf die Beine und lief für Stunden fort, durch Waldschneisen und Lichtungen, auf denen sich Schwarzbeersträucher dicht aneinander drängten. Er lief die trockenen Wasserläufe hinunter und kroch über den Waldboden und spürte dem Vogelleben im Wald nach. An manchen Tagen lag er im Unterholz, wo er die Reb-hühner beobachten konnte, wie sie herumstolzierten und auf- und abschwirrten. Am liebsten aber stöberte er im trü-ben Zwielicht sommerlicher Mitternächte umher, um dem friedlichen und dumpfen Murmeln des Waldes zu lauschen, las die Zeichen und Klänge als läse er in einem Buch und suchte nach diesem geheimnisvollen Etwas, das nach ihm rief – und es rief, ob er wach war oder schlief, die ganze Zeit nach ihm.

Eines Nachts schreckte er aus dem Schlaf, seine Augen schwirrten umher, seine Nüstern blähten sich und schnup-perten und seine Mähne sträubte sich in zitternden Wogen. Aus dem Walde kam ein Ruf (oder etwas, was einem Ruf ähnelte), deutlicher und bestimmter als je zuvor – ein lang gezogenes Heulen, ähnlich und doch anders, als alle Geräu-sche der Huskys. Und er kannte diesen Ton in einer alten, vertrauten Weise, als hätte er ihn schon einmal gehört. Er sprang durch das schlafende Lager und in flinker Stille ras-

he drew closer to the cry he went more slowly, with caution in every movement, till he came to an open place among the trees, and looking out saw, erect on haunches, with nose pointed to the sky, a long, lean, timber wolf.

He had made no noise, yet it ceased from its howling and tried to sense his presence. Buck stalked into the open, half crouching, body gathered compactly together, tail straight and stiff, feet falling with unwonted care. Every movement advertised commingled threatening and overture of friendliness. It was the menacing truce that marks the meeting of wild beasts that prey. But the wolf fled at sight of him. He followed, with wild leapings, in a frenzy to overtake. He ran him into a blind channel, in the bed of the creek where a timber jam barred the way. The wolf whirled about, pivoting on his hind legs after the fashion of Joe and of all cornered husky dogs, snarling and bristling, clipping his teeth together in a continuous and rapid succession of snaps.

Buck did not attack, but circled him about and hedged him in with friendly advances. The wolf was suspicious and afraid; for Buck made three of him in weight, while his head barely reached Buck's shoulder. Watching his chance, he darted away, and the chase was resumed. Time and again he was cornered, and the thing repeated, though he was in poor condition, or Buck could not so easily have overtaken him. He would run till Buck's head was even with his flank, when he would whirl around at bay, only to dash away again at the first opportunity.

But in the end Buck's pertinacity was rewarded; for the wolf, finding that no harm was intended, finally sniffed noses with him. Then they became friendly, and played about in the nervous, half-coy way with which

te er durch den Wald. Als er sich diesem Heulen näherte, verlangsamte er und ging jede Bewegung mit Bedacht, bis er einen offenen Platz zwischen den Bäumen erreichte, wo er einem langen, großen Wolf traf, der die Schnauze in den Himmel reckte.

Er hatte keinen Lärm gemacht, doch der Wolf beendete das Heulen und witterte seine Gegenwart. Buck pirschte sich an, halb kriechend, den Körper zusammengerafft, der Schwanz gerade und steif, und setzte jeden Schritt mit großer Behutsamkeit. In jede Bewegung mischten sich Drohung und Ouvertüren der Freundlichkeit zugleich. Als die wilden Tiere aufeinandertrafen, herrschte ein beunruhigender Waffenstillstand. Doch der Wolf floh außer Sichtweite. Er folgte ihm mit wilden Sprüngen und versuchte, ihn zu überholen. Er drängte ihn in eine Sackgasse im Bett des Baches, wo ein Holzstau den Weg versperrte. Der Wolf wirbelte umher, schwenkte auf den Hinterbeinen ganz wie Joe und all die anderen Huskys, knurrte und sträubte sich und ließ seine Zähne in einer unentwegten und schnellen Abfolge zusammenschnappen.

Buck griff nicht an, aber er umkreiste ihn und versicherte ihn mit freundlichen Gesten. Der Wolf war misstrauisch und ängstlich; Buck aber war drei Mal so schwer wie er, während sein Kopf kaum an Bucks Schulter gereichte. Als er eine Chance hatte, sprang er davon, und die Jagd erhob sich von Neuem. Immer wieder wurde er in die Enge getrieben und die Sache wiederholte sich, obwohl er in einem schlechten Zustand war, und Buck hatte ein Leichtes, ihn einzuholen. Er rannte, bis Buck an seiner Flanke erschien, und wirbelte herum, nur um bei nächster Gelegenheit wieder davonzustürzen.

Am Ende aber wurde Bucks Hartnäckigkeit belohnt; der Wolf verlor seine Angst und beschnüffelte ihn schließlich. Freundschaft wurde geschlossen und sie spielten in einer nervösen und halb verschämten Weise miteinander, die

fierce beasts belie their fierceness. After some time of this the wolf started off at an easy lope in a manner that plainly showed he was going somewhere. He made it clear to Buck that he was to come, and they ran side by side through the sombre twilight, straight up the creek bed, into the gorge from which it issued, and across the bleak divide where it took its rise.

On the opposite slope of the watershed they came down into a level country where were great stretches of forest and many streams, and through these great stretches they ran steadily, hour after hour, the sun rising higher and the day growing warmer. Buck was wildly glad. He knew he was at last answering the call, running by the side of his wood brother toward the place from where the call surely came. Old memories were coming upon him fast, and he was stirring to them as of old he stirred to the realities of which they were the shadows. He had done this thing before, somewhere in that other and dimly remembered world, and he was doing it again, now, running free in the open, the unpacked earth underfoot, the wide sky overhead.

They stopped by a running stream to drink, and, stopping, Buck remembered John Thornton. He sat down. The wolf started on toward the place from where the call surely came, then returned to him, sniffing noses and making actions as though to encourage him. But Buck turned about and started slowly on the back track. For the better part of an hour the wild brother ran by his side, whining softly. Then he sat down, pointed his nose upward, and howled. It was a mournful howl, and as Buck held steadily on his way he heard it grow faint and fainter until it was lost in the distance.

John Thornton was eating dinner when Buck dashed into camp and sprang upon him in a frenzy of affection, overturning him, scrambling upon him, licking

der Wildheit wilder Tiere Lügen straft. Nach einer Weile rannte der Wolf einen Hang hinauf und bedeutete, dass er irgendwohin gehen wolle. Er machte Buck klar, dass er folgen solle, und so liefen sie im düsteren Zwielicht Seite an Seite dem Bachlauf entlang durch die Schlucht, aus der er gekommen war, zu einer öden Kluft hinauf.

Auf der gegenüberliegenden Steigung wurde das Land ebener, wo es weite Wälder gab und viele Bäche, und so liefen sie Stunde für Stunde eine lange Strecke entlang, während die Sonne höher stieg und der Tag wärmer wurde. Buck war voll unbändigem Frohsinn. Er wusste, dass er an der Seite seines wilden Bruders die Antwort auf den Ruf des Waldes gefunden hatte, und gemeinsam gingen sie dieser Stimme entgegen. Alte Erinnerungen stiegen plötzlich in ihm hoch und sie begehrten zur Wirklichkeit auf und traten aus dem Schatten hervor. Er hatte dies alles schon einmal erlebt, irgendwo in dieser anderen, dämmrig erinnerten Welt, und er tat es wieder, jetzt, er rannte frei durch die Weite, unberührte Erde unter den Pfoten, den weiten Himmel über sich.

An einem brausenden Bach machen sie Halt und tranken, und während er trank, musste Buck an John Thornton denken. Er setzte sich nieder. Der Wolf ging weiter in eine Richtung, aus der der Ruf tönte, doch er kehrte zu ihm zurück, beschnupperte und ermutigte ihn. Doch Buck machte kehrt und folgte langsam ihrer Spur zurück. Mehr als eine Stunde lief sein wilder Bruder an seiner Seite mit und winselte leise. Dann setzte er sich, warf seine Nase nach oben und heulte. Es war ein trauriger Gesang, und während Buck stetig seinen Weg verfolgte, wurde es schwächer und immer schwächer, bis es sich in der Weite verlor.

John Thornton war gerade beim Abendessen, als Buck das Lager erreichte, und er sprang im Rausch seiner ganzen Liebe auf ihn zu, stieß ihn um, kroch auf ihn, beleckte sein Gesicht

his face, biting his hand —"playing the general tom-fool," as John Thornton characterized it, the while he shook Buck back and forth and cursed him lovingly.

For two days and nights Buck never left camp, never let Thornton out of his sight. He followed him about at his work, watched him while he ate, saw him into his blankets at night and out of them in the morning. But after two days the call in the forest began to sound more imperiously than ever. Buck's restlessness came back on him, and he was haunted by recollections of the wild brother, and of the smiling land beyond the divide and the run side by side through the wide forest stretches. Once again he took to wandering in the woods, but the wild brother came no more; and though he listened through long vigils, the mournful howl was never raised.

He began to sleep out at night, staying away from camp for days at a time; and once he crossed the divide at the head of the creek and went down into the land of timber and streams. There he wandered for a week, seeking vainly for fresh sign of the wild brother, killing his meat as he travelled and travelling with the long, easy lope that seems never to tire. He fished for salmon in a broad stream that emptied somewhere into the sea, and by this stream he killed a large black bear, blinded by the mosquitoes while likewise fishing, and raging through the forest helpless and terrible. Even so, it was a hard fight, and it aroused the last latent remnants of Buck's ferocity. And two days later, when he returned to his kill and found a dozen wolverines quarrelling over the spoil, he scattered them like chaff; and those that fled left two behind who would quarrel no more.

The blood-longing became stronger than ever before. He was a killer, a thing that preyed, living on the things

und biss ihm in die Hand – »den Hanswurst spielen«, wie es
John Thornton nannte, während er Buck hin und her schüttelte und mit zärtlichen Flüchen überhäufte.

Zwei Tage und Nächte verließ Buck das Lager nicht mehr
und ließ Thornton niemals aus den Augen. Er folgte ihm
Schritt auf Tritt bei der Arbeit, beobachtete ihn, während
er aß, und sah, wie er des Nachts in seinen Decken verschwand und am Morgen wieder aus ihnen erstand. Nach
zwei Tagen aber tönte der Ruf des Waldes noch herrischer
als je zuvor. Die Unruhe kam zu Buck zurück und Erinnerungen an seinen wilden Bruder, an das lächelnde Land
jenseits der Kluft, und ihre Flucht durch die Weiten des
Waldes peinigten ihn. So wanderte er wieder in den Wald,
doch seinen wilden Bruder fand er nicht mehr; und obwohl er lange Wache hielt, erhob sich sein trauriges Heulen nicht mehr.

So begann er, in der Nacht draußen zu schlafen, und manchmal blieb er über Tage dem Lager fern; einmal überquerte
er die Kluft an der Spitze des Baches und ging dem Land
des Waldes und der Bäche entgegen. Dort wanderte er eine
Woche lang vergeblich umher und suchte nach frischen Spuren seines wilden Bruders, riss sich seine Beute und zog mit
diesem leichten Trott weiter, der nie müde macht. An einem
breiten Strom, der irgendwo aufs Meer hinausführt, fischte er
nach Lachsen, und an diesem Strom tötete er einen schwarzen Bären, der beim Angeln von Moskitos geblendet worden
war und hilflos und schrecklich tobend durch den Wald irrte.
Dennoch war es ein harter Kampf und in Buck erwachten
die letzten schlummernden Reste seiner wilden Natur. Als er
nach zwei Tagen zu seiner Beute zurückeilte, fand er ein Dutzend Vielfraße über die Überreste streiten, die er mit Leichtigkeit zerstreute; und die beiden, die zuletzt geflohen waren,
mussten sich niemals mehr um ihre Beute streiten.

Seine Sehnsucht nach Blut wurde stärker als je zuvor. Er
war ein Mörder, ein Wesen, das seinen Vorteil suchte, das

that lived, unaided, alone, by virtue of his own strength and prowess, surviving triumphantly in a hostile environment where only the strong survived. Because of all this he became possessed of a great pride in himself, which communicated itself like a contagion to his physical being. It advertised itself in all his movements, was apparent in the play of every muscle, spoke plainly as speech in the way he carried himself, and made his glorious furry coat if anything more glorious. But for the stray brown on his muzzle and above his eyes, and for the splash of white hair that ran midmost down his chest, he might well have been mistaken for a gigantic wolf, larger than the largest of the breed. From his St. Bernard father he had inherited size and weight, but it was his shepherd mother who had given shape to that size and weight. His muzzle was the long wolf muzzle, save that was larger than the muzzle of any wolf; and his head, somewhat broader, was the wolf head on a massive scale.

His cunning was wolf cunning, and wild cunning; his intelligence, shepherd intelligence and St. Bernard intelligence; and all this, plus an experience gained in the fiercest of schools, made him as formidable a creature as any that intelligence roamed the wild. A carnivorous animal living on a straight meat diet, he was in full flower, at the high tide of his life, overspilling with vigor and virility.

When Thornton passed a caressing hand along his back, a snapping and crackling followed the hand, each hair discharging its pent magnetism at the contact. Every part, brain and body, nerve tissue and fiber, was keyed to the most exquisite pitch; and between all the parts there was a perfect equilibrium or adjustment. To sights and sounds and events, which required action,

sich von Lebewesen nährte, ohne Hilfe, allein, durch seine eigenen Stärke und Fähigkeiten, das triumphierend in einer feindlichen Umgebung überlebt, in der nur die Starken überleben können. Bei all dem besaß er einen gewaltigen Stolz, der ansteckend auf sein physisches Wesen wirkte. Er beflügelte selbst all seine Bewegungen, war gewärtig im Spiel jedes seiner Muskeln, sprach deutlich in der Art, wie er sich fortbewegte, und machte sein glänzendes Fell noch glanzvoller. Wären da nicht diese braunen Flecken auf seiner Schnauze und über den Augen und diese weißen Haarspitzen, die über seine Brust fielen, hätte man ihn auch für einen gigantischen Wolf halten können, der größte von allen dieser Rasse. Von seinem Vater, dem Bernhardiner, hatte er Größe und Gewicht geerbt, doch seine Mutter, der Hirtenhündin, erhielt er die Leichtigkeit und Eleganz. Seine Schnauze war die eines Wolfes, nur war sie länger; und sein Kopf, etwas breiter, war ein Wolfskopf von riesigem Format.

Seine Schlauheit war die Schlauheit eines Wolfes, eine wilde Schlauheit; seine Intelligenz war die eines Hirtenhundes und die Intelligenz eines Bernhardiners; und all dies zusammen mit den Erfahrungen, die er in der härtesten aller Schulen gesammelt hatte, machte aus ihm eine herausragende Kreatur, beeindruckender, als all jene, die durch die Wildnis streiften. Alle fleischfressenden Tiere lebten nach einer strengen Fleischdiät, er aber stand in voller Blüte, auf dem Höhepunkt seines Lebens, voller Kraft und Männlichkeit.
Strich Thornton über seinen Rücken, folgte seiner Hand ein Knistern und Prasseln und jedes Haar entlud bei dem Kontakt seinen angestauten Magnetismus. Jedes seiner Körperteile, das Gehirn und der Körper, das Nervengeflecht und die Muskelfasern, würden im höchsten aller Töne gestimmt; und zwischen allen Körperteilen herrschte perfektes Gleichgewicht oder Abstimmung. Auf Zeichen und

he responded with lightning-like rapidity. Quickly as a husky dog could leap to defend from attack or to attack, he could leap twice as quickly. He saw the movement, or heard sound, and responded in less time than another dog required to compass the mere seeing or hearing. He perceived and determined and responded in the same instant. In point of fact the three actions of perceiving, determining, and responding were sequential; but so infinitesimal were the intervals of time between them that they appeared simultaneous. His muscles were surcharged with vitality, and snapped into play sharply, like steel springs. Life streamed through him in splendid flood, glad and rampant, until it seemed that it would burst him asunder in sheer ecstasy and pour forth generously over the world.

„Never was there such a dog,“ said John Thornton one day, as the partners watched Buck marching out of camp.

„When he was made, the mould was broke,“ said Pete.

„Py jingo! I t'ink so mineself,“ Hans affirmed.

They saw him marching out of camp, but they did not see the instant and terrible transformation, which took place as soon as he was within the secrecy of the forest. He no longer marched. At once he became a thing of the wild, stealing along softly, cat-footed, a passing shadow that appeared and disappeared among the shadows. He knew how to take advantage of every cover, to crawl on his belly like a snake, and like a snake to leap and strike. He could take a ptarmigan from its nest, kill a rabbit as it slept, and snap in mid air the little chipmunks fleeing a second too late for the trees. Fish, in open pools, were not too quick for him; nor were beaver, mending their dams, too wary. He killed to eat, not from wantonness; but he preferred to eat what he

Klänge und Ereignisse, die Aktivität erforderlich machten, antwortete er mit blitzartiger Schnelligkeit. Er sprang doppelt so schnell wie ein Husky, egal ob zur Verteidigung oder zum Angriff. Er reagierte auf Bewegungen und Klänge in kürzerer Zeit als andere Hunde. Er konnte gleichzeitig wahrnehmen und entscheiden und reagieren. In Wirklichkeit spielten sich diese drei Aktionen, Wahrnehmung, Entscheidung und Reaktion, nacheinander ab; doch waren bei ihm die Zeitintervalle dazwischen so winzig, dass es aussah, als passierte dies alles zur gleichen Zeit. Seine Muskeln strotzten vor Vitalität und arbeiteten wie Stahlfedern. Das Leben strömte in einer herrlichen Flut durch ihn hindurch, glücklich und zügellos, während es schien, als würde es in reiner Exstase aus ihm herausplatzen und sich freigebig über die Welt ergießen.

»Nie gab es einen solchen Hund«, sagte John Thornton eines Tages, als er mit seinen Partnern dabei zusah, wie Buck durch das Lager marschierte.

»Als er gegossen wurde, sprang die Form entzwei«, sagte Pete.

»Oh mein Gott! Das glaube ich auch«, bestätigte Hans.

Sie sahen, wie er aus dem Lager marschierte, doch seine blitzschnelle, schreckliche Verwandlung, sobald er in die Verschwiegenheit des Waldes eintauchte, konnten sie nicht mehr beobachten. Dann marschierte er nicht länger. Schlagartig verwandelte er sich in ein Lebewesen der Wildnis, schlich lautlos davon, wie auf Katzenpfoten, wie ein schleichender Schatten, der unter all den anderen Schatten erschien und verschwand. Er wusste um die Vorteile, in Deckung zu gehen, wie eine Schlange auf dem Bauch vorwärts zu kriechen und wie eine Schlange aufzuspringen und zuzuschlagen. Er konnte ein Schneehuhn aus dem Nest rauben, tötete ein Kaninchen, während es schlief, und schnappte sich kleine Eichhörnchen aus der Luft, wenn sie eine Sekunde zu spät auf die Bäume geflüchtet waren. Fische im offenen Gewässer waren ihm nie zu schnell und Biber, die

killed himself. So a lurking humor ran through his deeds, and it was his delight to steal upon the squirrels, and, when he all but had them, to let them go, chattering in mortal fear to the treetops.

As the fall of the year came on, the moose appeared in greater abundance, moving slowly down to meet the winter in the lower and less rigorous valleys. Buck had already dragged down a stray part-grown calf; but he wished strongly for larger and more formidable quarry, and he came upon it one day on the divide at the head of the creek. A band of twenty moose had crossed over from the land of streams and timber, and chief among them was a great bull. He was in a savage temper, and, standing over six feet from the ground, was as formidable an antagonist as even Buck could desire. Back and forth the bull tossed his great palmated antlers, branching to fourteen points and embracing seven feet within the tips. His small eyes burned with a vicious and bitter light, while he roared with fury at sight of Buck.

From the bull's side, just forward of the flank, protruded a feathered arrow-end, which accounted for his savageness. Guided by that instinct which came from the old hunting days of the primordial world, Buck proceeded to cut the bull out from the herd. It was no slight task. He would bark and dance about in front of the bull, just out of reach of the great antlers and of the terrible splay hoofs, which could have stamped his life out with a single blow. Unable to turn his back on the fanged danger and go on, the bull would be driven into paroxysms of rage. At such moments he charged Buck, who retreated craftily, luring him on by a simulated in-

ihre Dämme flickten, nie zu besonnen. Er tötete nur, um zu essen, nie aus Mordlust; doch er bevorzugte Nahrung, die er sich selbst erlegt hatte. Und in manchen seiner Taten verbarg sich ein diebischer Humor, dann schlich er sich an die Eichhörnchen an, jagte sie und ließ sie, wenn er sie alle gestellt hatte, entkommen und amüsierte sich, wie sie voller Todesangst die Bäume hinaufhetzten.

Als der Herbst des Jahres einzog, erschienen in großer Schar Elche und gingen langsam zu den tiefer gelegenen Tälern, in denen der Winter weniger streng tobte. Buck hatte schon einmal ein einzelnes, halbwüchsiges Kalb gerissen; doch er sehnte sich nun nach einer größeren und schwierigeren Beute, der er eines Tages an der Kluft am Kopf des Baches begegnete. Eine Gruppe von zwanzig Elchen hatte das Land der Wälder und Bäche durchkreuzt, und ihr Leittier war ein großer Bulle. Er besaß ein wildes Temperament, war knapp zwei Meter groß und ein so furchterregender Gegner, wie ihn Buck sich ersehnt hatte. Der Bulle warf seine großen Geweihschaufeln hin und her, ein Vierzehn-Ender, der zwei ganze Meter umfing. Seine kleinen Augen brannten mit einem bösartigen und grimmigen Licht, während er beim Anblick Bucks mit ganzer Wut röhrte.

An der Seite des Bullen, an seiner Flanke, ragte ein gefiederter Indianerpfeil heraus, was seine Wildheit begreiflich machte. Buck wurde von jenem Instinkt aus den alten Jagdtagen der urzeitlichen Welt geleitete und so sonderte er den Bullen von der Herde ab. Das war keine leichte Aufgabe. Er bellte und tanzte vor dem Stier, stets außer Reichweite seines großen Geweihs und seiner schrecklich gespreizten Hufe, mit denen er mit nur einem Tritt Bucks Leben auslöschen konnte. Unfähig, ihm seinen Rücken zuzukehren und weiterzulaufen, tobte der Bulle rasend vor Wut. In solchen Momenten griff er Buck an, der listig auswich und ihn mit gespieltem Unvermögen fortlockte.

ability to escape. But when he was thus separated from his fellows, two or three of the younger bulls would charge back upon Buck and enable the wounded bull to rejoin the herd.

There is a patience of the wild — dogged, tireless, persistent as life itself — that holds motionless for endless hours the spider in its web, the snake in its coils, the panther in its ambuscade; this patience belongs peculiarly to life when it hunts its living food; and it belonged to Buck as he clung to the flank of the herd, retarding its march, irritating the young bulls, worrying the cows with their half-grown calves, and driving the wounded bull mad with helpless rage. For half a day this continued. Buck multiplied himself, attacking from all sides, enveloping the herd in a whirlwind of menace, cutting out his victim as fast as it could rejoin its mates, wearing out the patience of creatures preyed upon, which is a lesser patience than that of creatures preying.

As the day wore along and the sun dropped to its bed in the northwest (the darkness had come back and the fall nights were six hours long), the young bulls retraced their steps more and more reluctantly to the aid of their beset leader. The down-coming winter was harrying them on to the lower levels, and it seemed they could never shake off this tireless creature that held them back. Besides, it was not the life of the herd, or of the young bulls, that was threatened. The life of only one member was demanded, which was a remoter interest than their lives, and in the end they were content to pay the toll.

As twilight fell the old bull stood with lowered head, watching his mates — the cows he had known, the calves he had fathered, the bulls he had mastered — as they shambled on at a rapid pace through the

Doch jedes Mal, wenn der Bulle von der Herde getrennt wurde, griffen Buck zwei oder drei Jungbullen an, und der verwundete Bulle konnte sich wieder mit seiner Herde vereinen.

Wilde Tiere besitzen eine Geduld – so hartnäckig, so unermüdlich, so beharrlich wie das Leben selbst –; so bleibt eine Spinne endlose Stunden reglos in ihrem Netz, die Schlange in ihren Ringeln, der Panther in seinem Hinterhalt; diese Geduld besitzen all jene, die ihre Beute erjagen müssen; und auch Buck besaß sie, als er sich an die Fersen der Herde heftete, ihren Zug verzögerte, die Jungbullen reizte, die in Sorge waren um die Elchkühe und ihre Kälber, und den verletzten Bullen mit ohnmächtiger Wut in den Wahnsinn trieb. Einen halben Tag lang setzte er dies fort. Buck vervielfältigte sich, griff von allen Seiten an, verwickelte die Herde in einen Wirbel von Gefahren, separierte sein Opfer so schnell, wie er es auch wieder zur Herde zurückließ, und strapazierte die Geduld der Kreaturen, die er jagte, die weniger Geduld besaßen als das Raubtier, das sie hetzte.

Als der Tag sich neigte und die Sonne im Nordwesten in ihr Bett fiel (die Dunkelheit war zurückgekehrt und die herbstlichen Nächte waren sechs Stunden lang), wurden die Jungbullen immer widerwilliger, ihren bedrängten Führer zu Hilfe zu eilen. Es drängte sie hinunter zu ihrem Winterrevier in die tieferen Täler und es schien, als ließe sich diese unermüdliche Kreatur, die sie zurückhielt, nicht mehr abschütteln. Ganz nebenbei, es war nicht das Leben der Herde oder der Jungbullen, das bedroht wurde. Es war nur das Leben eines einzigen Herdenmitglieds, das man gefordert hatte, was von geringerem Wert war als all ihre Leben zusammen, und am Ende zahlten sie bereitwillig ihre Maut.

Als die Dämmerung einbrach, stand der alte Bulle mit gesenktem Kopf da und schaute auf seine Gefährten – die Kühe, die er kannte, die Kälber, die er gezeugt hatte, und die Bullen, die er geleitet hatte –, während sie raschen Schrittes

fading light. He could not follow, for before his nose leaped the merciless fanged terror that would not let him go. Three hundredweight more than half a ton he weighed; he had lived a long, strong life, full of fight and struggle, and at the end he faced death at the teeth of a creature whose head did not reach beyond his great knuckled knees.

From then on, night and day, Buck never left his prey, never gave it a moment's rest, never permitted it to browse the leaves of trees or the shoots of young birch and willow. Nor did he give the wounded bull opportunity to slake his burning thirst in the slender trickling streams they crossed. Often, in desperation, he burst into long stretches of flight. At such times Buck did not attempt to stay him, but loped easily at his heels, satisfied with the way the game was played, lying down when the moose stood still, attacking him fiercely when he strove to eat or drink.

The great head drooped more and more under its tree of horns, and the shambling trot grew weak and weaker. He took to standing for long periods, with nose to the ground and dejected ears dropped limply; and Buck found more time in which to get water for himself and in which to rest. At such moments, panting with red lolling tongue and with eyes fixed upon the big bull, it appeared to Buck that a change was coming over the face of things. He could feel a new stir in the land. As the moose were coming into the land, other kinds of life were coming in.
Forest and stream and air seemed palpitant with their presence. The news of it was borne in upon him, not by sight, or sound, or smell, but by some other and subtler sense. He heard nothing, saw nothing,

durch das schwindende Licht weiterzogen. Er konnte nicht folgen, denn vor seiner Nase sprang ein gnadenlos zähnefletschender Schrecken umher, der es nicht zulassen würde, dass er geht. Dreihundert Kilogramm, mehr als eine halbe Tonne, wog er; er hatte ein langes und gutes Leben besessen, voller Kämpfe und Entbehrungen, und nun stand ihm am Ende der Tod durch die Zähne eines Tieres bevor, dessen Kopf kaum über seine Knie hinaus gereichte.

Von da an, bei Tag und bei Nacht, ließ Buck nicht mehr von seiner Beute ab und gewährte ihr keine Verschnaufpause, und er erlaubte ihr auch nicht, die Blätter der Bäume oder die Triebe der jungen Birken und Weiden zu äsen. Auch seinen brennenden Durst durfte er nicht an den schlanken, plätschernden Bächlein, die sie kreuzten, stillen. Häufig brach er voller Verzweiflung zu langen Ausreißversuchen aus. In solchen Fällen versuchte Buck erst gar nicht, ihn aufzuhalten, er heftete sich einfach an seine Fersen, zufrieden über die Art, in der das Spiel gespielt wurde, legte sich nieder, wenn der Elch stillstand, und griff ihn wild an, wenn er essen oder trinken wollte.

Sein großes Haupt senkte sich mehr und mehr unter dem Baum seiner Hörner und sein schlurfender Trab wurde schwächer und schwächer. Oft blieb er lange stehen, senkte das Haupt zu Boden und seine Lauscher hingen schlaff herab; und Buck fand mehr Zeit, sich am Wasser zu erlaben und zu rasten. In solchen Momenten, in denen er den Elch keuchend mit rot heraushängender Zunge nicht aus den Augen ließ, schien es Buck, als hätte sich das Antlitz der Welt um ihn herum verändert. Er spürte eine unbekannte Regung in dem Land. Nicht nur der Elch war ins Land gekommen, auch anderes Leben spürte er.

Wald und Fluss und Luft schienen ihre Anwesenheit zu bezeugen. Sie trugen eine Botschaft in sich, die nicht aus Körperlichkeit oder Klang oder Geruch bestand, sondern einen anderen und subtileren Sinn ansprachen. Er hörte nichts,

yet knew that the land was somehow different; that through it strange things were afoot and ranging; and he resolved to investigate after he had finished the business in hand.

At last, at the end of the fourth day, he pulled the great moose down. For a day and a night he remained by the kill, eating and sleeping, turn and turn about. Then, rested, refreshed and strong, he turned his face toward camp and John Thornton. He broke into the long easy lope, and went on, hour after hour, never at loss for the tangled way, heading straight home through strange country with certitude of direction that put man and his magnetic needle to shame.

As he held on he became more and more conscious of the new stir in the land. There was life abroad in it different from the life, which had been there throughout the summer. No longer was this fact borne in upon him in some subtle, mysterious way. The birds talked of it, the squirrels chattered about it, the very breeze whispered of it. Several times he stopped and drew in the fresh morning air in great sniffs, reading a message, which made him leap on with greater speed. He was oppressed with a sense of calamity happening, if it were not calamity already happened; and as he crossed the last watershed and dropped down into the valley toward camp, he proceeded with greater caution.

Three miles away he came upon a fresh trail that sent his neck hair rippling and bristling; it led straight toward camp and John Thornton. Buck hurried on, swiftly and stealthily, every nerve straining and tense, alert to the multitudinous details, which told a story — all but the end. His nose gave him a varying description of the passage of the life on the heels of which he was travelling. He remarked the pregnant

sprach nichts, sah nichts, und doch wusste er, dass das Land irgendwie anders war, dass seltsame Wesen unterwegs waren und sich ausbreiteten, und er beschloss, dies zu untersuchen, sobald er sein jetziges Geschäft beendet hatte.

Am Ende des vierten Tages riss er den großen Elch nieder. Für einen Tag und eine Nacht blieb er bei seiner Beute, fraß und schlief und immer so weiter. Ausgeruht, erfrischt und stark wendete er sich wieder dem Lager und John Thornton zu. Er lief in dem langen, leichtfüßigen Trott immer geradeaus, Stunde um Stunde, ohne jemals im Unklaren darüber zu sein, welche Richtung er einschlagen sollte, und lief durch das fremde Land dem Lager zu, mit einer Gewissheit, die jeden Menschen und jeden Kompass beschämte.

Während er hielt, nahm er die neue Aufregung im Land immer bewusster wahr. Das Leben in dieser Fremde schien nun ganz anders zu sein als das, das es im Sommer gewesen war. Es war zu einer Tatsache geworden und verbarg sich nicht mehr auf jene subtile, mysteriöse Weise wie zuvor. Die Vögel flüchteten davor, die Eichhörnchen schwatzten darüber und jeder Lufthauch flüsterte davon. Mehrmals blieb er stehen und zog in großen Zügen die frische Morgenluft ein, las die Botschaft, die sie enthielt, und ließ ihn mit noch größerer Geschwindigkeit weiterspringen. Es war das Gefühl einer drohenden Katastrophe, das ihn befiel, wenn das Unglück nicht schon geschehen war; und nachdem er den letzten Wendepunkt hinunter zum Lager passierte, ging er mit größerer Vorsicht weiter.

Drei Meilen vor dem Lager witterte er eine frische Spur, dass ihm die Nackenhaare zuckten und sich sträubten; sie führte direkt zum Lager und zu John Thornton. Buck eilte vorwärts, schnell und leise, jeder Nervenstrang angespannt, alarmiert von den zahlreichen Eindrücken, die von einer bestimmten Geschichte zeugten – von allem, außer ihrem Ende. Seine Nase gab ihm eine detailreiche Beschreibung dieses Lebensabschnitts, auf dessen Spuren er wandelte. Er

silence of the forest. The bird life had flitted. The squirrels were in hiding. One only he saw, — a sleek gray fellow, flattened against a gray dead limb so that he seemed a part of it, a woody excrescence upon the wood itself.

As Buck slid along with the obscureness of a gliding shadow, his nose was jerked suddenly to the side as though a positive force had gripped and pulled it. He followed the new scent into a thicket and found Nig. He was lying on his side, dead where he had dragged himself, an arrow protruding, head and feathers, from either side of his body.

A hundred yards farther on, Buck came upon one of the sled dogs Thornton had bought in Dawson. This dog was thrashing about in a death-struggle, directly on the trail, and Buck passed around him without stopping. From the camp came the faint sound of many voices, rising and falling in a singsong chant. Bellying forward to the edge of the clearing, he found Hans, lying on his face, feathered with arrows like a porcupine. At the same instant Buck peered out where the spruce-bough lodge had been and saw what made his hair leap straight up on his neck and shoulders. A gust of overpowering rage swept over him. He did not know that he growled, but he growled aloud with a terrible ferocity. For the last time in his life he allowed passion to usurp cunning and reason, and it was because of his great love for John Thornton that he lost his head.

The Yeehats were dancing about the wreckage of the spruce-bough lodge when they heard a fearful roaring and saw rushing upon them an animal the like of which they had never seen before. It was Buck, a live hurricane of fury, hurling himself upon them in a frenzy to destroy. He sprang at the foremost man (it

bemerkte das schwangere Schweigen des Waldes. Die Vögel hatten sich davongestohlen. Die Eichhörnchen blieben in ihrem Versteck. Nur eines sah er – einen glatten, grauen Gefährten, der sich flach an einen grauen, toten Ast schmiegte und wie ein Teil von diesem erschien, wie ein hölzerner Auswuchs auf dem Holz selbst.

Als Buck mit der Undurchdringlichkeit eines gleitenden Schattens dahineilte, riss er seine Schnauze plötzlich zur Seite, als ob eine bestimmte Kraft sie ergriffen hätte und an ihr zog. Er folgte der neuen Spur in ein Dickicht und fand Nig. Er lag ausgestreckt am Boden, wo er sich hingeschleppt hatte, tot, aus beiden Seiten seines Körpers ragte ein Pfeil heraus, mit Kopf und Federn.

Hundert Meter weiter entdeckte Buck einen der Schlittenhunde, den Thornton in Dawson gekauft hatte. Dieser Hund röchelte noch im Todeskampf, direkt auf seiner Fährte, und ohne anzuhalten, ging er um ihn herum. Aus dem Lager drang ein leises, vielstimmiges Geräusch, das in einem Singsang anhob und abfiel. Am Rande der Lichtung fand er Hans, bäuchlings auf dem Gesicht liegend, von gefiederten Pfeilen durchbohrt wie ein Stachelschwein. Im selben Augenblick starrte Buck dorthin, wo die Fichtenholzhütte gewesen war, und was er sah, trieb ihm alle Haare auf Nacken und Schultern senkrecht in die Höhe. Eine rasende Wut überkam ihn. Er wusste nicht, dass er knurrte, doch knurrte er laut mit schrecklicher Heftigkeit. Zum letzten Male in seinem Leben gewann seine Leidenschaft die Oberhand über seine List und Vernunft, nur wegen seiner großen Liebe für John Thornton verlor er den Kopf.

Die Yeehats tanzten über den Trümmern der Hütte, als sie das furchtbare Gebrüll hörten und ein wildes Tier auf sie zustürmen sahen, wie sie noch niemals eines gesehen hatten. Das war Buck, ein lebendiger Hurrikan, der sich in wahnsinniger Wut auf sie stürzte und sie vernichten wollte. Er sprang auf den vordersten Mann (es war der Anführer

was the chief of the Yeehats), ripping the throat wide open till the rent jugular spouted a fountain of blood. He did not pause to worry the victim, but ripped in passing, with the next bound tearing wide the throat of a second man. There was no withstanding him. He plunged about in their very midst, tearing, rending, destroying, in constant and terrific motion which defied the arrows they discharged at him. In fact, so inconceivably rapid were his movements, and so closely were the Indians tangled together, that they shot one another with the arrows; and one young hunter, hurling a spear at Buck in mid air, drove it through the chest of another hunter with such force that the point broke through the skin of the back and stood out beyond. Then a panic seized the Yeehats, and they fled in terror to the woods, proclaiming as they fled the advent of the Evil Spirit.

And truly Buck was the Fiend incarnate, raging at their heels and dragging them down like deer as they raced through the trees. It was a fateful day for the Yeehats. They scattered far and wide over the country, and it was not till a week later that the last of the survivors gathered together in a lower valley and counted their losses.

As for Buck, wearying of the pursuit, he returned to the desolated camp. He found Pete where he had been killed in his blankets in the first moment of surprise. Thornton's desperate struggle was fresh-written on the earth, and Buck scented every detail of it down to the edge of a deep pool. By the edge, head and fore feet in the water, lay Skeet, faithful to the last. The pool itself, muddy and discolored from the sluice boxes, effectually hid what it contained, and it contained John Thornton; for Buck followed his trace into the water, from which no trace led away.

der Yeehats) und riss ihm die Kehle so weit auf, dass das
Blut in einer Fontäne aus der aufgeschlitzten Gurgel spritzte. Er ließ von seinem Opfer ab und riss einem zweiten
Mann im Vorbeigehen weit die Kehle auf. Man konnte ihm
nichts entgegenhalten. Er tauchte in ihre Mitte auf, riss,
zerfleischte und zerstörte in beständiger und wütender Bewegung und trotzte den Pfeilen, die sie auf ihn abließen. In
der Tat, er war so unfassbar schnell in seinen Bewegungen
und so nahe waren die Indianer ihm, dass sie sich nur ge-
genseitig mit ihren Pfeilen trafen; und ein junger Jäger, der
einen Speer durch die Luft nach Buck geschleudert hatte,
durchbohrte einem anderen mit solcher Wucht die Brust,
dass der Speer durch seinen Rücken brach und weit daraus
hervorstand. Dann machte sich Panik unter den Yeehats
breit und sie flohen voller Schrecken in den Wald, in dem
Glauben, dass sie ein böser Dämon verfolgte.

Und wirklich, Buck war ein leibhaftiger Teufel, der ihnen
nachtobte und sie wie Rehe niederriss, wie sie durch die
Bäume rasten. Für die Yeehats war es ein verhängnisvoller
Tag. Sie verstreuten sich weit und breit im ganzen Land
und erst eine Woche später versammelten sich die letzten
Überlebenden in einem tiefer gelegenen Tal und zählten
ihre Verluste.
Nachdem Buck es leid war, sie zu verfolgen, kehrte er in
das verwüstete Lager zurück. Er fand Pete unter seiner De-
cke, wo er im ersten Moment der Überraschung getötet
worden war. Thorntons verzweifelter Kampf war frisch auf
den Boden geschrieben und Buck spürte jedem Detail am
Rande des Sees nach. Am Ufer, Kopf und Vorderbeine im
Wasser, lag Skeet, treu bis zum letzten Atemzug. Der See
selbst, von den Waschpfannen schlammverfärbt, verbarg
wirksam, was er enthielt, und dies war John Thornton;
Buck folgte seiner Spur ins Wasser, von dem keine Spur
mehr wegführte.

All day Buck brooded by the pool or roamed restlessly about the camp. Death, as a cessation of movement, as a passing out and away from the lives of the living, he knew, and he knew John Thornton was dead. It left a great void in him, somewhat akin to hunger, but a void which ached and ached, and which food could not fill, at times, when he paused to contemplate the carcasses of the Yeehats, he forgot the pain of it; and at such times he was aware of a great pride in himself, — a pride greater than any he had yet experienced. He had killed man, the noblest game of all, and he had killed in the face of the law of club and fang. He sniffed the bodies curiously. They had died so easily. It was harder to kill a husky dog than them. They were no match at all, were it not for their arrows and spears and clubs. Thenceforward he would be unafraid of them except when they bore in their hands their arrows, spears, and clubs.

Night came on, and a full moon rose high over the trees into the sky, lighting the land till it lay bathed in ghostly day. And with the coming of the night, brooding and mourning by the pool, Buck became alive to a stirring of the new life in the forest other than that which the Yeehats had made. He stood up, listening and scenting. From far away drifted a faint, sharp yelp, followed by a chorus of similar sharp yelps. As the moments passed the yelps grew closer and louder. Again Buck knew them as things heard in that other world, which persisted in his memory. He walked to the center of the open space and listened. It was the call, the many-noted call, sounding more luringly and compellingly than ever before. And as never before, he was ready to obey. John Thornton was dead. The last tie was broken. Man and the claims of man no longer bound him.

Den ganzen Tag lang kauerte sich Buck an das Ufer oder streifte unruhig durch das Lager. Tod, das war der Stillstand jeder Regung, es war das Ende des Lebens, das wusste er, und er wusste, John Thornton war tot. Er hinterließ eine große Leere in ihm, so etwas wie Hunger, aber eine Leere, die schmerzte und schmerzte, die mit Nahrung nicht ausgefüllt werden konnte, doch als er die Leichen der Yeehats betrachtete, hielt er ein und der Schmerz ließ nach; da wurde er sich eines großen Stolzes bewusst – ein Stolz, der größer war als jeder andere, den er bisher erlebt hatte. Er hatte Menschen getötet, das nobelste allen Wilds, und es geschah nach dem Gesetz von Knüppel und Zähnen. Er beschnupperte neugierig die Körper. Sie waren so leicht zu töten. Es war schwieriger, einen Husky zu töten, als sie. Sie waren kein Vergleich, wenn sie ohne Pfeile und Speere und Knüppel waren. Von da an würde er nie mehr Angst vor ihnen haben, es sei denn, sie trügen Pfeile, Speere oder Knüppel in ihren Händen.

Die Nacht zog herein, der Vollmond stieg über die Bäume am Himmel empor und beleuchtete das Land, als wäre es in einem gespenstischen Licht gebadet worden. Während die Nacht anhob und Buck grübelnd und trauernd am Ufer lag, erwachte in ihm das Rühren des neuen Lebens im Wald, das anders war, als das, das die Yeehats in ihm geweckt hatten. Er stand auf, lauschte und schnupperte. Von Weitem erreichte ihn ein schwaches, scharfes Heulen, das von einem Chor ähnlich scharfen Gesangs begleitet wurde. Mit der Zeit kam dieses Heulen näher und wurde lauter. Buck wusste, dass es aus dieser anderen Welt herüberkam, die so tief in seinem Gedächtnis vergraben war. Er ging in die Mitte des Lagers und lauschte. Es war der Ruf, der alte Ruf, der verlockender und zwingender erschallte als je zuvor. Und wie nie zuvor war Buck bereit, zu folgen. John Thornton war tot. Das letzte Band war gerissen. Er war nicht mehr an Menschen und ihre Herrschaft gebunden.

Hunting their living meat, as the Yeehats were hunting it, on the flanks of the migrating moose, the wolf pack had at last crossed over from the land of streams and timber and invaded Buck's valley. Into the clearing where the moonlight streamed, they poured in a silvery flood; and in the center of the clearing stood Buck, motionless as a statue, waiting their coming. They were awed, so still and large he stood, and a moment's pause fell, till the boldest one leaped straight for him. Like a flash Buck struck, breaking the neck. Then he stood, without movement, as before, the stricken wolf rolling in agony behind him. Three others tried it in sharp succession; and one after the other they drew back, streaming blood from slashed throats or shoulders.

This was sufficient to fling the whole pack forward, pell-mell, crowded together, blocked and confused by its eagerness to pull down the prey. Buck's marvelous quickness and agility stood him in good stead. Pivoting on his hind legs, and snapping and gashing, he was everywhere at once, presenting a front, which was apparently unbroken so swiftly did he whirl and guard from side to side. But to prevent them from getting behind him, he was forced back, down past the pool and into the creek bed, till he brought up against a high gravel bank. He worked along to a right angle in the bank, which the men had made in the course of mining, and in this angle he came to bay, protected on three sides and with nothing to do but face the front.

And so well did he face it, that at the end of half an hour the wolves drew back discomfited. The tongues of all were out and lolling, the white fangs showing cruelly white in the moonlight. Some were lying down with heads raised and ears pricked forward; others stood on their feet, watching him; and

Auf ihrer Jagd nach Fleisch, wie die Yeehats es jagten, auf den Fersen der wandernden Elche, hatte ein Wolfsrudel das Land der Wälder und Bäche gekreuzt und war in Bucks Tal eingezogen. In die Lichtung, die das Mondlicht übergoss, strömten sie wie eine silberfarbene Flut; und in der Mitte der Lichtung stand Buck, reglos wie eine Statue, der auf ihr Kommen wartete. Sie waren eingeschüchtert, so still und so groß stand er da, und erst nach einer kleinen Pause sprang der kühnste von ihnen auf ihn los. Wie der Blitz schlug Buck zu und brach ihm den Hals. Dann stand er regungslos da wie zuvor, während der geschlagene Wolf sich im Todeskampf wälzte. Drei andere Wölfe versuchten es schnell nacheinander; und einer nach dem anderen zog sich blutüberströmt, mit zerschlitzter Kehle oder Schulter wieder zurück.

Dies reichte und das ganze Pack fiel blind, dicht aneinander gedrängt, doch befangen und verstört von seinem Eifer, über ihre Beute her, um sie niederzureißen. Bucks wunderbare Schnelligkeit und seine Gelenkigkeit kamen ihm zu Hilfe. Er schoss auf den Hinterbeinen herum, riss und biss, war überall zur gleichen Zeit, präsentierte eine Front, die noch nicht durchbrochen war, und wirbelte so schnell herum, dass er jede Seite bewachen konnte. Um sie von seiner Rückseite fernzuhalten, war er gezwungen, sich zurückzuziehen, hinunter zum See und ins seichte Wasser hinein, bis er eine Kiesbank erreichte. Auf der Kiesbank, die die Männer bei ihren Grabungen angelegt hatten, arbeitete er im rechten Winkel, er stand in der Bucht und überwachte in diesem Winkel drei Seiten und brauchte nichts anderes zu tun, als nach vorn zu schauen.

Und dies tat er so gut, dass sich die Wölfe nach einer halben Stunde verwirrt zurückzogen. Ihre Zungen hingen heraus und rekelten sich, ihre weißen Reißzähne leuchteten im Mondlicht grausam weiß. Einige legten sich mit erhobenem Kopf und gespitzten Ohren nieder; andere blieben stehen und beobachteten ihn; und wieder andere tranken Wasser

still others were lapping water from the pool. One wolf, long and lean and gray, advanced cautiously, in a friendly manner, and Buck recognized the wild brother with whom he had run for a night and a day. He was whining softly, and, as Buck whined, they touched noses.

Then an old wolf, gaunt and battle-scarred, came forward. Buck writhed his lips into the preliminary of a snarl, but sniffed noses with him, whereupon the old wolf sat down, pointed nose at the moon, and broke out the long wolf howl. The others sat down and howled. And now the call came to Buck in unmistakable accents. He, too, sat down and howled. This over, he came out of his angle and the pack crowded around him, sniffing in half-friendly, half-savage manner. The leaders lifted the yelp of the pack and sprang away into the woods. The wolves swung in behind, yelping in chorus. And Buck ran with them, side by side with the wild brother, yelping as he ran.

* * *

And here may well end the story of Buck. The years were not many when the Yeehats noted a change in the breed of timber wolves; for some were seen with splashes of brown on head and muzzle, and with a rift of white centering down the chest. But more remarkable than this, the Yeehats tell of a Ghost Dog that runs at the head of the pack. They are afraid of this Ghost Dog, for it has cunning greater than they, stealing from their camps in fierce winters, robbing their traps, slaying their dogs, and defying their bravest hunters.

Nay, the tale grows worse. Hunters there are who fail to return to the camp, and hunters there have been

aus dem See. Ein Wolf, lang und mager und grau, kam vorsichtig auf ihn zu und begegnete ihm auf eine freundliche Weise, und Buck erkannte seinen wilden Bruder, mit dem er einst einen Tag und eine Nacht umherstreunte. Er winselte weich und, nachdem Buck zurückwinselte, berührten sich ihre Schnauzen.

Danach trat ein alter, hagerer und kampferprobter Wolf hervor. Buck riss die Lefzen hoch und knurrte, doch dann beschnupperten sie sich, woraufhin sich der alte Wolf niedersetzte, seine Schnauze zum Mond richtete und in ein langes Wolfsgeheul ausbrach. Die anderen ließen sich nieder und heulten mit. Und nun erreichte Buck der Ruf in unmissverständlichen Tönen. Auch er setzte sich nieder und heulte los. Als sie geendet hatten, kam er aus seinem Winkel und das Pack versammelte sich um ihn herum und beschnüffelten ihn auf halb freundliche, halb feindselige Weise. Der Leitwolf hob zum Jaulen des Rudels an und sprang in den Wald. Die Wölfe sprangen im Chor jaulend hinterher. Und Buck zog mit ihnen fort, an der Seite seines wilden Bruders, und jaulte während er davonjagte.

* * *

Und hier endet die Geschichte von Buck. Es vergingen nur wenige Jahre, als die Yeehats eine Veränderung der Rasse der Wölfe wahrnahmen; einige hatten braune Flecken an Kopf und Maul und eine weiße Stelle an der Brust. Doch noch bemerkenswerter ist eine Erzählung der Yeehats von einem Geisterhund, der an der Spitze des Rudels läuft. Sie fürchten sich vor diesem Geisterhund, weil er eine Schlauheit besitzt, die größer ist als die aller anderen, der ihre Lager in wilden Wintern bestiehlt, ihre Fallen beraubt, ihre Hunde tötet und sich ihrem tapfersten Krieger widersetzt.

Doch die Erzählung wird noch schrecklicher. Sie erzählen von Jägern, die niemals ins Lager zurückkehrten, und Jä-

whom their tribesmen found with throats slashed cruelly open and with wolf prints about them in the snow greater than the prints of any wolf. Each fall, when the Yeehats follow the movement of the moose, there is a certain valley, which they never enter. And women there are who become sad when the word goes over the fire of how the Evil Spirit came to select that valley for an abiding-place.

In the summers there is one visitor, however, to that valley, of which the Yeehats do not know. It is a great, gloriously coated wolf, like, and yet unlike, all other wolves. He crosses alone from the smiling timberland and comes down into an open space among the trees. Here a yellow stream flows from rotted moose-hide sacks and sinks into the ground, with long grasses growing through it and vegetable mould overrunning it and hiding its yellow from the sun; and here he muses for a time, howling once, long and mournfully, ere he departs.

But he is not always alone. When the long winter nights come on and the wolves follow their meat into the lower valleys, he may be seen running at the head of the pack through the pale moonlight or glimmering borealis, leaping gigantic above his fellows, his great throat a bellow as he sings a song of the younger world, which is the song of the pack.

gern, die ihre Treiber mit aufgerissenen Kehlen auffanden mit Wolfsspuren um sie im Schnee herum, die größer als jede Wolfsspur war. Jeden Herbst, wenn die Yeehats dem Zug der Elche folgen, gibt es ein bestimmtes Tal, das sie meiden. Und Frauen gibt es bei ihnen, die traurig werden, wenn das Gespräch am Feuer auf jenen bösen Dämon kommt, der dieses Tal zu seinem Revier auserkoren hat.

Im Sommer jedoch kommt ein Besucher in dieses Tal, von dem die Yeehats nichts wissen. Es ist ein großer, prächtig gekleideter Wolf, der doch ganz anders ist als andere Wölfe. Er zieht allein aus dem Holzland her und kommt zu einem offenen Platz zwischen den Bäumen herunter. Hier fließt ein gelber Strom aus verrotteten Elchhäuten und versinkt im Boden, der mit hohen Gräsern bewachsen und von Pilzen überschwemmt ist, die das Gelb vor der Sonne verbergen; und hier geht er einige Zeit in sich, heult einmal lang und traurig, ehe er wieder weiterzieht.

Doch er ist nicht immer allein. Wenn die langen Winternächte aufziehen und die Wölfe ihrer Beute in die niederen Täler folgen, sieht man ihn, wie er an der Spitze des Packs durch das fahle Mondlicht oder den fliegenden Nordlichtern jagt, gigantisch über seine Gefährten hinausragend, und seine gewaltige Kehle heult, wenn er das Lied der jüngeren Welt singt, denn es ist das Lied seines Rudels.

Contents / Inhalt